Versión abreviada
de MARÍA ROSA DUHART

© EDITORIAL ANDRÉS BELLO
Carmen 8, 4° piso, Santiago de Chile

Registro de Propiedad Intelectual
Inscripción N° 96. 362, año 1996
Santiago-Chile

Se terminó de imprimir esta segunda edición
de 1.500 ejemplares en el mes de febrero de 2005

IMPRESORES: Imprenta Salesianos S. A.

IMPRESO EN CHILE / PRINTED IN CHILE

ISBN 956-13-1416-9

JAMES OLIVER CURWOOD

KAZÁN, PERRO LOBO

ILUSTRACIONES DE
ANDRÉS JULLIAN

EDITORIAL ANDRÉS BELLO

Capítulo I
EL MILAGRO

Kazán estaba echado, mudo e inmóvil, con su hocico gris entre las patas delanteras y los ojos medio cerrados. Era mestizo de lobo y husky, una de las variedades de perros rastreadores que se utilizan en el norte del Canadá. Había pasado los primeros cuatro años de su vida en la libertad de la selva y sabía lo que era el hambre furiosa y lo que significaba soportar el frío. Sus flancos y su cuello estaban llenos de cicatrices, recuerdos de mil peleas, y tenía los ojos enrojecidos por el brillo cegador de las nieves. Entre los de su especie era un gigante, y tan valiente como los hombres que lo llevaron a través de los peligros de un mundo helado.

Nunca hasta entonces había conocido el miedo... nunca el deseo de huir, ni siquiera aquel terrible día en que, en el bosque, se enfrentó con un enorme lince gris y lo mató. Pero ahora estaba asustado. Ignoraba la causa, pero sabía que se hallaba en un mundo diferente, en el que había muchas cosas que lo atemorizaban. Era su primer contacto con la civilización, y deseaba el regreso de su amo a la extraña estancia en que lo había dejado.

Repentinamente Kazán enderezó las orejas al oír pasos y voces quedas. Una de ellas era la de Thorpe, su amo; la otra le causó cierto temblor. Una vez, hacía mucho tiempo, había soñado con una risa semejante a la de la muchacha que entraba. Y aquella risa lo inundó de felicidad, de amor y de dulzura. Con ojos vivaces, miró a los recién llegados. Observó que el cabello de la joven era dorado y brillante, y que sus ojos tenían la tonalidad de la flor azul. La joven dio un grito de alegría, y se acercó a él; su mano acarició la cabeza del perro y exclamó, casi sollozando:

—¡De modo que tú eres Kazán, el héroe, el que lo trajo a mi lado cuando todos los demás murieron! ¡Mi querido Kazán, eres un valiente!

Y entonces, milagro de milagros, ella apoyó su rostro sobre la cabeza del perro, que sentía su cálido y suave contacto. Kazán no se movió; apenas respiraba.

—Nunca vi que se dejara tocar —dijo Thorpe maravillado—. Retrocede despacio, Isabel. ¡Dios mío, mira!

Kazán se aproximaba lentamente y, de pronto, su enorme cuerpo gris se arrastró hacia ella. Entonces levantó el hocico hacia la muchacha, hasta tocar su mano. El hombre se arrodilló junto al grupo y acarició la cabeza del perro. A Kazán no le gustaba el contacto de la mano del hombre, porque la naturaleza le había enseñado a recelar de él, pero lo permitió en aquel momento al ver que eso complacía a la muchacha.

—Kazán, viejo camarada, no le harás ningún daño, ¿verdad? —le decía cariñosamente su amo—. Los dos la amamos y vamos a cuidarla durante toda nuestra vida. ¿De acuerdo, Kazán?

Por mucho rato, después de que lo dejaron echarse sobre la alfombra, los ojos de Kazán no se separaron de la joven.

Ella comenzó a cantar. Nada podía compararse a la dulzura de su voz. El perro olvidó la presencia de su amo y, sin hacer ruido, se acercó más y levantó la cabeza. Vio que ella lo miraba y sus claros ojos le inspiraron confianza. Apoyó la cabeza en su regazo, y por segunda vez experimentó el contacto de la mano femenina. Cerró los ojos dando un largo suspiro y oyó la voz de su amo:

—Siempre he querido a este viejo tunante, pero nunca lo creí capaz de hacer esto.

Al comienzo, Kazán extrañaba los bosques y las nevadas copiosas, la lucha diaria para mantener su puesto entre los compañeros de tiro, los ladridos a su espalda, las largas carreras en línea recta por los espacios abiertos y las estepas. Pero algo había venido a sustituir eso de que ahora carecía. Y ese algo estaba en la habitación, en el aire que respiraba, y lo hacía gemir débilmente.

Ya no estaba solo.

Una noche se dedicó a rondar por la vivienda y dio con una puerta junto a la cual se ovilló y donde lo encontró la muchacha al otro día. Entonces, a la noche siguiente, antes de acostarse, ella puso allí una pequeña alfombra para él. Y desde entonces durmió feliz, porque sabía que su ama se hallaba al otro lado de la puerta. Cada día pensaba menos en las selvas que habitara anteriormente, y más en su protectora.

Pero las cosas cambiarían. Percibió grandes prisas e inusitado movimiento a su alrededor. Advirtió también que ella le prestaba menos atención que de costumbre. Comenzó a sentirse inquieto. Una mañana, muy temprano, le pusieron de nuevo el collar de piel y la cadena de hierro, y su amo lo sacó a la calle. La joven lo persuadió de que atravesara un obscuro agujero y se metiera en el interior de un coche más obscuro todavía. Durante muchas horas Kazán escuchó un extraño ruido de ruedas debajo de él. Por fin se detuvieron y entró su amo acompañado de un hombre provisto de una linterna. Kazán no hizo el menor caso de ellos, sino que por la puerta abierta miró hacia afuera, como quien trata de descubrir a alguien en la noche. Salió a la blanca nieve, pero no vio a quien buscaba. Permaneció rígido, husmeando en el aire. Sobre él estaban las estrellas a las que aullara durante toda su vida; las selvas y los bosques, negros y silenciosos, lo rodeaban como si fuesen sombrías paredes.

Su amo se acercó. El perro, lanzando un gruñido salvaje, saltó a sus pies. Se contrajeron sus labios y dejó al descubierto sus largos colmillos; se le erizaron los pelos del espinazo, y Thorpe dio un grito de alarma, echando mano del revólver que llevaba al cinto.

Kazán no lo miró. Otra figura había surgido de la noche. Era quien debía acompañar a Thorpe y a su joven esposa hacia el campamento del Río Tojo, donde Thorpe estaba encargado de la construcción del nuevo ferrocarril transcontinental. El recién llegado era alto, corpulento, y no usaba barba ni bigote. Se llamaba Mac Cready y llevaba un largo látigo para manejar a los perros.

Kazán continuaba gruñendo con los pelos erizados, pero, a una voz de Isabel, se tranquilizó. De súbito Mac Cready gritó:

—¡Arriba, Pedro, *charge*!

La palabra «*charge*» se enseñaba únicamente a los perros que estaban al servicio de la Policía Montada del Noroeste. Kazán no se movió. Mac Cready se enderezó y, rápido como el rayo, hizo restallar su látigo.

—¡*Charge*, Pedro, *charge*!

El gruñido en la garganta de Kazán se convirtió casi en rugido, pero no se movió. Mac Cready se volvió hacia Thorpe, y dijo:

—Habría jurado que conocía a este perro. No me extrañaría que fuese Pedro, y de serlo, sería un animal peligroso.

—Es usted muy valerosa —dijo, dirigiéndose a Isabel—. Yo no me atrevería a tocarlo; sería capaz de arrancarme la mano de una dentellada.

Tomó la linterna y, a la cabeza de la comitiva, se dirigió a un estrecho sendero cubierto de nieve que partía del camino principal. Oculto en el espeso bosque de abetos estaba el campamento que Thorpe dejara quince días antes. Había allí ahora dos tiendas en vez de la única que habitaron él y su guía. Ante ellos ardía una gran hoguera y cerca había un trineo. Atados a los árboles, dentro del círculo de luz de la hoguera, Kazán descubrió las vagas siluetas y los ojos brillantes de los demás perros. Permaneció quieto mientras Thorpe lo enganchaba al trineo. De nuevo se hallaba en su ambiente..., jefe indiscutible entre sus compañeros. Su ama se reía y palmoteaba de alegría al pensar en la fantástica vida de campamento de la cual ahora formaría parte. Thorpe la condujo adentro de la tienda.

—Siento mucho que el bueno de Jack no haya querido regresar con nosotros, Issy —dijo Thorpe—. Fue él quien me llevó al sur, y le tengo plena confianza. En cambio, no me fío de este Mac Cready. Es un tipo extraño, pero conoce el bosque como nadie. Los perros nunca reciben bien a un desconocido, y ya ves que Kazán no le tiene ninguna simpatía.

Kazán no vio ni oyó a Mac Cready cuando éste se acercó sin hacer ruido por su espalda. De pronto la voz del hombre sonó como un disparo:

—¡Pedro!

Instantáneamente Kazán se encogió como si lo hubiese tocado la punta de un látigo.

—Esta vez te cogí, amiguito —exclamó Mac Cready, muy pálido—. Ahora obedeces a otro nombre, ¿verdad? No importa, ya ves como te encontré.

Capítulo II

MAC CREADY PAGA SU DEUDA

Después de pronunciar estas palabras, Mac Cready estuvo largo rato sentado en silencio junto al fuego, y cuando separaba la mirada de Kazán, sólo lo hacía por un momento. Luego, cuando estuvo seguro de que Thorpe e Isabel se habían retirado a descansar, penetró en su propia tienda y salió luego llevando un frasco de whisky en la mano. Durante media hora bebió constantemente y más tarde fue a sentarse sobre el extremo del trineo, fuera del alcance de Kazán.

—Te cogí, ¿verdad? —repitió con los ojos vidriosos a causa del licor—. No sé quién te cambiaría el nombre, Pedro, pero me gustaría saber cómo llegó a ser tu amo. ¡Qué lástima que no puedas hablar!

Entonces oyó la voz de Thorpe en el interior de la tienda, seguida por una cristalina risa de mujer que le hizo incorporarse. Su rostro se tiñó de rojo, y se levantó, guardándose el frasco en el bolsillo. Dando vueltas alrededor del fuego, se encaminó en puntillas a un árbol junto al cual se alzaba la tienda, y allí estuvo varios minutos escuchando con la mayor atención. Sus ojos ardían furiosos cuando volvió a sentarse en el trineo al que Kazán estaba atado. Era más de medianoche cuando se retiró a su tienda.

Al calor del fuego los ojos de Kazán se cerraron lentamente. Pero su sueño fue intranquilo y en su cerebro no se representaban sino escenas desagradables. A veces soñaba que peleaba, y daba tirones al extremo de la cadena. Después soñó que corría al frente de un espléndido tiro, formado por seis perros de la Real Policía Montada del Noroeste, y que su amo le daba el nombre de Pedro. Otra vez cambió el sueño. Se hallaba en el campamento y su amo era muy joven; ayudaba a bajar del trineo a otro hombre cuyas manos estaban sujetas por extrañas argollas negras. Recordó sucesos posteriores: se vio echado ante una gran hoguera; su amo estaba sentado frente a él, vuelto de espaldas a la tienda de donde salía el hombre de las argollas negras, mas para entonces con sus manos libres y una de ellas empuñaba un grueso garrote. Oyó el terrible ruido que se produjo al descargar la porra sobre la cabeza de su amo. Entonces despertó de su inquieto sueño.

Se puso de pie, y gruñó con ferocidad. El fuego se había apagado y en el campamento reinaba la profunda obscuridad que precede a la aurora. Sin embargo, entre las tinieblas vio a Mac Cready de nuevo junto a la tienda de su ama. Recordó que él era el hombre de las argollas negras y también el mismo que le pegó con el látigo y el garrote durante largos días, después de haber dado muerte a su amo. Mac Cready oyó la amenaza en la garganta del perro y regresó apresuradamente junto a la hoguera apagada. Allí empezó a silbar y a reunir los tizones. En cuanto logró que ardieran de nuevo, gritó para despertar a Thorpe. Pocos minutos más tarde apareció el amo de Kazán seguido de su esposa, cuyas rubias trenzas caían sobre sus hombros.

Mac Cready se acercó a ella y, como por casualidad, una de sus manos se hundió por un momento entre sus trenzas. Ella sintió el contacto de los dedos del hombre. Thorpe no vio la maniobra, pues le daba la espalda en ese momento. Kazán se dio cuenta, y, más rápido que un lince, saltó por encima del trineo. Mac Cready retrocedió a tiempo y cuando Kazán llegó en un salto a la distancia máxima que le permitía la cadena, chocó con su ama. Thorpe se volvió, y, creyendo que el perro quería atacar a Isabel, se acercó a ella y la alejó del lugar en que estaba sentada. Vio que estaba ilesa, e hizo ademán de sacar su revólver, pero recordó que lo había dejado en la tienda. A sus pies, en cambio, estaba el látigo de Mac Cready, y dejándose dominar por la cólera, lo empuñó y se acercó a Kazán. El perro se acurrucó sobre la nieve y no hizo el menor movimiento para huir ni para atacar. Solamente pudo recordar otra ocasión en su vida en que había recibido una paliza tan fenomenal como la que Thorpe le propinó. Pero de su garganta no salió ni un gemido ni un gruñido.

De pronto se adelantó su ama y, cogiendo al vuelo el mango del látigo que empuñaba Thorpe, exclamó:

—¡No le pegues más!

Y tal fue su acento, que su marido le obedeció. En cuanto a Mac Cready, no oyó lo que luego dijo la mujer a su marido, pero en los ojos de Thorpe apareció una mirada extraña, y sin añadir palabra, siguió a su mujer al interior de la tienda.

—Kazán no se abalanzó sobre mí —murmuró ella, temblorosa y pálida—. Ese hombre estaba detrás de mí. Sentí que me tocaba y entonces fue cuando saltó Kazán. No quería morderme a mí, sino a ese hombre.

—Aquí hay algo raro. ¿No dijo Mac Cready que conocía al perro? Quizás alguna vez tuvo en su poder a Kazán y lo trató mal, y eso es algo que los perros nunca olvidan. Mañana pondré en claro todo este asunto. Pero, hasta entonces, ¿me prometes no acercarte siquiera a Kazán?

Isabel lo prometió. Cuando salieron de la tienda, Kazán levantó su enorme cabeza. La punta del látigo había cerrado uno de sus ojos y tenía el hocico bañado en sangre. Isabel apenas pudo contener un sollozo, pero no se acercó a él. Aunque estaba medio ciego, sabía que su ama había interrumpido el castigo, y gimió suavemente, moviendo en la nieve su cola peluda.

Nunca se sintió tan infeliz como durante las horas del día siguiente en que, colocado a la cabeza del trineo, tuvo que abrir paso en su camino hacia el norte. Tenía todo el cuerpo dolorido por los latigazos. Pero no era el dolor lo que lo hacía andar con la cabeza baja y lo privaba de la perspicacia y de la vigilante atención propias de perro guía, sino su estado de ánimo; se sentía confundido. Tiempo atrás Mac Cready lo había golpeado cruelmente, y ahora lo había hecho su amo actual. Durante todo aquel día las voces de ambos hombres sonaron irritadas y vengativas en sus oídos. Pero fue su ama la que le hizo más daño. Permaneció alejada de él, siempre fuera del alcance de las correas que lo retenían, y cuando llegaron al fin de la jornada y hubieron instalado el campamento, lo miró con extraños ojos y no le dirigió la palabra. Sin duda ella estaba también dispuesta a pegarle; así lo creyó y se alejó. Y tan abatido estaba, que se escondió en uno de los puntos más obscuros del campamento. La joven ni siquiera trató de aproximársele. En cambio, no le despegaba los ojos, y especialmente en cuanto Kazán miraba a Mac Cready.

Más tarde, cuando ya Thorpe y su mujer se habían retirado a la tienda, empezó a nevar. Mac Cready estaba intranquilo y con mucha frecuencia empinaba el frasco en que bebiera la noche anterior. Su cabeza ardía y el corazón le latía con fuerza, pero no tan furiosamente como el de Kazán cuando vio que Mac Cready traía un garrote que dejó apoyado contra el tronco de un árbol. El hombre tomó una de las linternas del trineo, la encendió y, acercándose a la puerta de la tienda, llamó en voz baja:

—¡Eh, Thorpe!

—¿Qué hay, Mac Cready?

—¿Puede salir un momento? Ocurre algo en el bosque. No despierte a su esposa.

Retrocedió y esperó. Un minuto más tarde apareció Thorpe, y Mac Cready, al verlo, señaló hacia la oquedad de los abetos.

—Juraría que hay alguien husmeando alrededor del campamento. Estoy seguro de haber visto a un hombre hace algunos minutos, cuando fui a buscar leña. Es una noche excelente para robar perros. Usted tome la linterna y, si no me he engañado, vamos a encontrar el rastro.

Dio la linterna a Thorpe y él se armó con el grueso garrote. Kazán empezó a gruñir, pero se contuvo. Quiso romper la cuerda que lo sujetaba, pero sabía que si lo intentaba, los hombres volverían para pegarle. Por esta razón se quedó quieto, mientras temblaba y gemía suavemente. Por fin oyó el crujido de pisadas en la nieve y no se sorprendió al ver que Mac Cready regresaba solo. De sobra sabía cuál era el significado de un garrote.

El rostro de Mac Cready tenía una expresión horrible; parecía una fiera. Kazán se ocultó lo mejor que pudo en la sombra al oír la risa contenida y terrible del hombre, que empuñaba todavía el arma. Pero soltó el garrote y se acercó a la tienda. Levantó la lona y miró a su interior. La esposa de Thorpe dormía y él, silencioso como un gato, entró y colgó la linterna en un clavo. Durante algunos instantes, permaneció allí, quieto, mirándola...

Fuera, acurrucado en la profunda sombra, Kazán trataba de comprender el significado de cuanto observaba. ¿Por qué su amo y Mac Cready habían ido al bosque? ¿Por qué no había vuelto el primero? La tienda pertenecía a su amo y no a Mac Cready, y no comprendía cómo éste se atrevía a entrar. De pronto el perro se paró, con los pelos erizados y las patas rígidas. Vio la sombra que Mac Cready proyectaba en la lona de la tienda y pocos instantes después llegó a sus oídos un grito desgarrador. En el terror que motivó aquel grito reconoció la voz de su ama y saltó hacia la tienda. La cuerda lo detuvo en su impulso. Entonces vio luchar a las dos sombras y los gritos de la joven no cesaban. Llamaba a su amo y luego a él.

—¡Kazán! ¡Kazán!

Lo intentó de nuevo y fue tanta la violencia de su embestida, que cayó de espaldas. Saltando una y otra vez, la cuerda le hirió el cuello, tal era la potencia de los tirones. Se detuvo un instante para recobrar el aliento. Las sombras luchaban todavía. Dando un gruñido furioso se lanzó hacia adelante con todas sus fuerzas y logró romper la cuerda.

Llegó junto a la tienda y pasó por debajo de la lona de la entrada. Luego lanzó un aullido y se arrojó al cuello de Mac Cready. Un mordisco de sus poderosas mandíbulas bastaba para matar a un hombre, pero él no lo sabía. Sabía tan sólo que allí estaba su ama y que luchaba por ella. Luego oyó un grito que terminó con un terrible lamento; procedía de Mac Cready. El hombre cayó de espaldas y Kazán enterró sus colmillos aún más en el cuello de su enemigo; entonces sintió en la boca el calor de la sangre.

La joven llamó al perro, y viendo que no le obedecía, tiró de su velludo cuello. Pero él no quería soltar la presa y la tuvo agarrada durante largo rato. Cuando por fin soltó a su víctima, Isabel miró el rostro del muerto y luego, cubriéndose la cara con las manos, se sentó sobre la manta de la cama. Se quedó inmóvil. Su cara y sus manos estaban muy frías y Kazán las lamió con ternura. Ella tenía cerrados los ojos y el perro se acurrucó a su lado, sin dejar de vigilar al enemigo, dispuesto a volver al ataque.

Entonces escuchó pasos en el exterior.

Era su amo, y sintió el antiguo miedo al garrote; se dirigió hacia la puerta. Lo vio a la luz de la hoguera... y en su mano llevaba el palo. Se acercaba muy lentamente, trastabillando a cada paso, y tenía la cara ensangrentada. Pero traía el palo. Sin duda alguna le pegaría de nuevo por haber lastimado a Mac Cready. Kazán se deslizó por la abertura de la tienda y fue a guarecerse en las sombras. Una vez a salvo, miró hacia atrás, gimiendo al pensar en su ama, y le apenó dejarla. Pero nada podía hacer. Le pegarían mucho... Hasta ella le pegaría.

Volvió la cabeza hacia las profundidades del bosque. Allí no había garrotes, tirantes, arcos ni cuerdas. Allí no lo encontrarían nunca más.

Vaciló todavía un momento. Y luego, silencioso como los animales salvajes cuya sangre corría por sus venas, se hundió en las profundas sombras de la noche.

Capítulo III

¡LIBRE!

El viento silbaba en las copas de los abetos cuando Kazán se internó en el misterio del bosque. Durante varias horas permaneció cerca del campamento, mirando fijamente hacia la tienda donde tan terrible escena sucediera poco antes. Sabía ya lo que era la muerte.

Tres veces el hombre y la mujer salieron de la tienda y gritaron con fuerza:

—¡Kazán! ¡Kazán! ¡Kazán!

Volvió una vez la cabeza, y gimió suavemente al ver por última vez a la joven.

Sabía que la dejaba para siempre y sentía un dolor en su corazón que nunca antes experimentara, un dolor que no se debía al látigo ni al garrote, al frío ni al hambre; era peor que todos ellos y lo llenaba del deseo de aullar su soledad a la inmensidad gris del cielo.

Más allá, en el campamento, la voz de la joven temblaba al decir:

—¡Se ha marchado!

—Sí, se ha marchado —respondió el hombre, con un nudo en la garganta—. Él lo sabía y yo lo ignoraba. Daría un año de mi vida por no haberle pegado ayer. No volverá.

La mano de Isabel Thorpe apretó fuertemente el brazo de su esposo.

—Volverá —exclamó—. Sé que no me abandonará. Me quería mucho. Y sabe que también yo lo quiero. Volverá...

De la profundidad de la selva llegó el aullido largo, lastimero. Era el adiós de Kazán a su ama.

Muchas veces, desde el día en que unos tratantes lo compraron y lo hicieron andar por entre huellas de trineo en el Mackenzie, había añorado su libertad, y la sangre de lobo que corría por sus venas lo incitaba continuamente a conquistarla. Pero nunca se había atrevido; y ahora que ya la había logrado, sentía una extraña satisfacción. Allí no había garrotes, no había látigo, ni ninguna de las bestias humanas de las que aprendiera a desconfiar y a las que luego odiaría. Su sangre de lobo hacía que los garrotazos, en vez de domarlo, aumentaran su salvajismo. Los hombres habían sido sus peores enemigos; le pegaban con frecuencia y, algunas veces, hasta darlo por muerto. Lo llamaban «malo» y se apartaban de él, sin olvidarse nunca de hacer caer un latigazo en su espalda. Su cuerpo estaba lleno de cicatrices.

Nunca había sentido el cariño o el amor, hasta la primera noche en que la joven a la que acababa de abandonar puso su mano sobre su cabeza y acercó su rostro al suyo. Y pensando en estas cosas gruñó mientras se internaba más y más en el bosque.

Al despuntar el alba, llegó al borde de un terreno pantanoso.

Encontró comida fácilmente. Hacia el mediodía logró acorralar un enorme conejo blanco bajo un tronco caído y le dio muerte. La sangre caliente era bastante más agradable que el pescado helado o la grasa y el salvado que le solían dar los hombres, y el festín sirvió para animarlo. Aquella tarde persiguió varios conejos y mató dos más.

Hasta entonces no había conocido el placer de cazar a su antojo. Pero en la caza de los conejos no había emoción; los animalitos se rendían con demasiada facilidad. Eran suaves y tiernos al paladar mientras duraba el hambre, mas el entusiamo que al principio le causaba la matanza se desvaneció pronto. Hubiese querido luchar con un animal más poderoso.

Varias veces aulló Kazán antes de proseguir su camino; descubrió cierto placer en aquella nueva práctica. Llegó entonces al pie de un cerro escarpado y subió hasta la cima. Las estrellas y la luna estaban más cerca, y al otro lado vio una grande y hermosa llanura, en la que brillaba un lago. Allí nacía un riachuelo en dirección a un bosque que no era tan espeso ni negro como el del terreno pantanoso que había dejado atrás.

De pronto, todos los músculos de su cuerpo se tensaron y le corrió apresurada la sangre. A lo lejos, desde la llanura, llegó a sus oídos un grito. Era su mismo grito: el aullido de un lobo.

Durante toda la noche anduvo cerca de la manada, pero no demasiado, lo que fue un acierto, pues como todavía llevaba en su cuerpo el olor del hombre, de descubrirlo, la manada lo habría destrozado. El primer instinto de los animales salvajes es el de la propia conservación. Y quién sabe si fue ese instinto atávico de sus antepasados el que obligó a Kazán a revolcarse en la nieve, en los lugares que más habían pisado los lobos.

Aquella noche, éstos mataron un reno al borde del lago, y se dieron un banquete con su carne hasta la aurora. El olor de la carne y de la sangre caliente llegaba a la nariz de Kazán y su agudo oído percibía los crujidos de los huesos al romperse. Sin embargo, su instinto fue más fuerte que la tentación.

Hasta que fue día claro, cuando ya los lobos se habían diseminado por la llanura, no se atrevió a presentarse en el teatro de la lucha.

Encontró una extensión de nieve manchada de sangre y cubierta de huesos y trozos de piel desgarrada. Pero era suficiente y se revolcó sobre ellos. Se quedó todo el día en el lugar, para impregnarse del olor que despedían los despojos.

Cuando salieron de nuevo la luna y las estrellas, se sentó, ya sin miedo ni vacilación, y con sus aullidos se dio a conocer a sus nuevos camaradas de la llanura.

La manada cazó también aquella noche. Estaba claro como el día, y desde el extremo del bosque Kazán vio la carrera del reno cuando se aventuraba por el lago helado. Formaban la manada una docena de lobos, y ya se había dividido en forma de fatal herradura, de manera que los dos guías corrían precediendo casi al reno y acercándose a él cada vez más.

Dando un grito agudo saltó Kazán hacia el espacio alumbrado por la luna, a gran velocidad. A pocos metros de distancia lo vio el pobre rumiante, que torció a la derecha, pero el guía de ese lado lo recibió con las mandíbulas abiertas. Kazán se lanzó al blanco cuello del reno, y le hundió los dientes en la yugular. Era su primera pieza grande y su sangre parecía fuego. Por entre los dientes cerrados gruñó encolerizado.

Hasta que el reno cesó de moverse, Kazán no soltó su presa. Entonces salió de debajo del pecho y las patas de la víctima. Ese día había matado un conejo y no tenía hambre; se sentó sobre la nieve y esperó mientras la hambrienta manada desgarraba el pellejo y la carne de la víctima. Poco después se acercó y se introdujo entre los lobos. Esta intrusión lo perdió. Cuando Kazán se retiraba, indeciso aún acerca de si se mezclaría o no con sus hermanos salvajes, una forma gris y enorme se separó de los demás y se abalanzó sobre él, en busca de su garganta. Tuvo el tiempo preciso para esquivarlo y un momento después se revolcaban los dos por la nieve. Uno tras otro, los lobos se situaron en torno a los combatientes, enseñando los dientes y con los pelos erizados. El fatal círculo de lobos envolvía a los luchadores.

Esto no era nuevo para Kazán. Una docena de veces había formado parte del círculo de espectadores, esperando el resultado de alguna lucha. En más de una ocasión había combatido dentro del círculo con peligro de su vida. Aquél era también el modo de pelear de los perros de trineo, y a menos que el hombre, a palos, interrumpiese la lucha, siempre terminaba con la muerte. Un solo rival podía quedar vivo, y a veces morían los dos. Allí no había hombre alguno, solamente el hostil cordón de lobos, demonios de blancos colmillos, dispuestos a saltar y destrozar al primero de los combatientes derribado. Aun siendo Kazán un forastero, no temía a los que de manera tan amenazadora lo rodeaban. La gran ley de la manada los obligaría a comportarse según la regla.

Dos veces el contrincante dio la vuelta a su alrededor, mientras Kazán giraba lentamente con los ojos medio cerrados. Por segunda vez saltó el lobo y Kazán levantó sus poderosas mandíbulas, seguro de que podría hacer presa de su enemigo, pero sus dientes se cerraron en el aire; con la agilidad de un gato, el adversario se dejó caer de espaldas, rehuyendo el ataque.

Había fallado el ardid, y emitiendo un rugido colérico Kazán se dejó caer sobre el lomo del enemigo; abrió las mandíbulas y trató de hundir los colmillos en su garganta. Volvió a fracasar, y antes de que pudiera ponerse en guardia los dientes del rival se clavaron en su cuello.

Por primera vez en su vida sintió Kazán el terror de ser cogido por la muerte, y con poderoso esfuerzo echó la cabeza a un lado y mordió a ciegas una pata anterior de su atacante. Crujió el hueso al romperse y se desgarró la carne, lo cual produjo un movimiento entre los observadores. Uno de los dos combatientes caería vencido y esperaban el momento para arrojarse sobre él.

Gracias a su gruesa piel y a la dureza de sus músculos, pudo Kazán salvarse del terrible destino del vencido. Los dientes del lobo se habían clavado profundamente en él, pero no lo bastante para llegar a un punto vital. De pronto Kazán, con toda la fuerza que pudo reunir, se levantó; su adversario aflojó el mordisco, y, de un salto, se vio libre.

Tan ligero como la cuerda de un látigo dio vuelta alrededor del lobo, que tenía la pata rota, y a toda velocidad se arrojó sobre él: y aquella vez el golpe fue mortal. El enorme lobo gris perdió pie, rodó sobre la espalda por un instante y la manada entera se le arrojó encima, dispuesta a quitarle la poca vida que quedaba a aquél cuyo reinado cesaba para siempre.

Kazán se apresuró a alejarse de aquella masa de lobos grises, gruñidores y manchados de sangre. Jadeaba, estaba también cubierto de sangre y en extremo débil. Notaba en su cabeza un extraño malestar y sintió la necesidad de echarse en la nieve. Pero el viejo e infalible instinto le avisó que no dejara traslucir aquella debilidad. La manada se le acercó. Una loba de color gris se echó ante él y luego, levantándose, olió sus heridas. Era una loba joven, fuerte y hermosa, pero Kazán no la miró. En el lugar en que se había desarrollado la lucha vio lo que había quedado del que fuera el guía de la manada. Esta se dedicaba a devorar los restos del reno, y algo le dijo que de ahí en adelante todos aquellos lobos y la selva entera oirían y reconocerían su voz, y que cuando se sentara sobre su cuarto trasero y aullara al cielo, esos ágiles cazadores de la llanura le contestarían. Dio dos vueltas en torno de los restos del reno y de la manada y luego trotó en dirección al extremo del negro bosque de abetos.

Una vez entre las sombras de los árboles, miró hacia atrás. Loba Gris lo seguía a corta distancia. Se acercó a él, con alguna timidez, y también miró atrás, donde quedaban sus hermanos de raza. Y mientras estaba a su lado, Kazán husmeó algo en el aire que no era el olor de la sangre ni el perfume de los bálsamos o de los abetos. Era algo que parecía llegar a él desde las claras estrellas, de la luna brillante y de la hermosa noche.

La miró y encontró los ojos de Loba Gris, vigilantes e interrogadores. Era muy joven. Su cuerpo era fuerte, esbelto y bien formado. Gimió al observar la roja luz que había en los ojos de Kazán.

Kazán se le acercó, y miró a la manada, poniendo la cabeza por encima de su espalda. Sintió el temblor de ella contra su pecho. Luego miró de nuevo al cielo, mientras en su sangre latía el misterio de Loba Gris y de la noche.

La mayor parte de su vida había transcurrido en las sendas, enganchado a los trineos, y sólo desde lejos había sentido la influencia de la época del apareamiento. Mas ahora estaba muy cerca. Loba Gris levantó la cabeza. Su suave hocico rozó la herida del cuello de Kazán y en la caricia y en el dulce gemido de ella, Kazán sintió y oyó la misma cosa maravillosa que le hicieran experimentar la voz y las caricias de aquella mujer a quien tanto había querido.

Con la cabeza en alto, lanzó un reto a la selva y a la llanura. Loba Gris trotó a su lado cuando él se aventuró por las tinieblas del bosque.

Capítulo IV

LA LUCHA EN LA NIEVE

Aquella noche hallaron refugio bajo un espeso bosque y cuando se echaron sobre la gruesa alfombra de agujas de pino que la nieve no había cubierto, Loba Gris se acercó y le lamió las heridas.

El día nació entre una suave nevada blanca y tan densa que Kazán y su compañera no alcanzaban a ver a la distancia de una docena de saltos.

No hacía frío; estaba todo tan quieto que en el mundo entero parecía no haber más ruido que el suavísimo susurro de los copos de nieve al caer. Durante todo el día, Kazán y Loba Gris anduvieron uno al lado de la otra. De vez en cuando, él volvía la cabeza hacia atrás, en dirección al monte del que viniera, y Loba Gris no podía comprender la extraña nota que temblaba en la garganta de su compañero.

La tercera noche, Kazán convocó a la manada a cazar y él mismo fue su guía. Lo repitió tres veces ese mes mientras la luna no abandonó el cielo, y en cada una de estas cacerías cobró una pieza. Pero en cuanto las nieves empezaron a ser más blandas bajo sus patas, encontró más agradable la compañía de Loba Gris y los dos cazadores vivieron solos, alimentándose de conejos blancos.

Sólo dos afectos había tenido Kazán en su vida: la joven de ojos azules y de las manos que lo acariciaban, y Loba Gris. No abandonó la ancha llanura, y muchas veces llevaba a su compañera a la cima de la montaña, donde se esforzaba por hacerle comprender lo que dejaba al otro lado. Con las noches oscuras se hizo en él tan fuerte el recuerdo de la mujer, que muchas veces se sintió tentado de volver a su lado, al campamento, y llevar consigo a Loba Gris. Un día, cuando cruzaban la llanura frente a la montaña, Kazán vio algo que lo impresionó. Un hombre, a cuyo lado iba un trineo tirado por perros, trataba de penetrar en su mundo. El viento no les había avisado. Entonces Kazán vio en las manos del hombre una cosa que brillaba. Sabía lo que era. Era ese singular madero que escupía fuego, trueno y muerte.

Avisó a Loba Gris y ambos partieron, veloces como el viento, una al lado del otro. Y entonces sonó un disparo, y el odio de Kazán hacia los hombres se tradujo en un terrible gruñido. Sobre sus cabezas se oyó un silbido, se repitió el estampido y aquella vez Loba Gris dio un aullido de dolor y cayó rodando por la nieve. En un momento se puso nuevamente de pie y Kazán la siguió corriendo, hasta que llegaron al abrigo que les ofrecía el bosque. Loba Gris se tumbó y empezó a lamerse la herida que tenía en una pata. Kazán miró la montaña y observó que el hombre seguía su pista. Se detuvo en el lugar en que cayera Loba Gris y, después de examinar la nieve, continuó su camino.

Kazán indicó a Loba Gris que se levantara, y ambos partieron hacia el terreno pantanoso inmediato al lago.

Durante algunos días, Loba Gris anduvo coja. Poco tiempo después llegaron a un lugar donde se advertían restos de un campamento. Kazán mostró los dientes y gruñó al olor que los hombres habían dejado en el sitio, pero Loba Gris, ansiosa, daba vueltas a su alrededor; trataba de inducirlo a que se internara más en el bosque. Malhumorado y con un fuego salvaje en los ojos, la siguió.

A la quinta noche, Kazán dio con la pista. Levantó la cabeza hacia las estrellas, y de su garganta brotó potente el aullido de caza, la llamada para la manada. Nunca puso en su aullido tanta fuerza como esa noche. Una y otra vez lo repitió. Llegó una respuesta, luego otra, y otra. Hasta que Loba Gris se sentó también y añadió su voz a la de Kazán. Mientras tanto, a lo lejos, en la llanura, un hombre, extenuado y pálido, detuvo a sus fatigados perros para escuchar mejor, mientras una voz le decía débilmente desde el trineo:

—Los lobos, padre. ¿Crees que nos perseguirán?

El hombre guardó silencio. No era joven ya; la luna iluminaba su blanca barba y parecía aumentar de un modo grotesco su elevada figura. Una muchacha joven había levantado la cabeza de una almohada de piel de oso que había en el trineo. Sus ojos oscuros brillaban a la luz de las estrellas y abrazaba algo sobre su pecho.

—Siguen una pista... probablemente de un gamo —dijo el hombre mirando el gatillo de su rifle—. No te preocupes, Juana. Nos detendremos en el primer bosquecillo que encontremos y trataremos de encender una buena hoguera. ¡Arre, valientes! ¡Cuz! ¡Cuz! —E hizo restallar el látigo sobre el tiro de perros.

Del paquete que sostenía la joven surgió un débil quejido. Y a lo lejos contestó en la llanura el coro de aullidos de la manada de lobos.

Kazán seguía la pista de la venganza. Al principio avanzaba con sigilo, llevando a Loba Gris a su lado. De

pronto se les unió un lobo y luego otros, y el aullido solitario de Kazán se convirtió en un coro. Se habían reunido catorce lobos antes de llegar a la parte más abierta de la llanura.

Nunca sintió Kazán tantas ansias de matar como entonces. Por vez primera olvidó el miedo al hombre, al garrote, al látigo y hasta a la misma cosa que despedía fuego y muerte. Cada vez más veloz, corría a fin de alcanzar a su enemigo y luchar con él. Cuando faltaba poco para llegar al bosque, los lobos alcanzaron el trineo, pero éste se detuvo de súbito. De él saltó aquella lengua de fuego que Kazán temiera siempre, y oyó sobre su cabeza el zumbido de la abeja de la muerte. Pero entonces no le importaba nada. Ladró y los lobos apretaron el paso hasta que cuatro se situaron en la misma línea que él. Una segunda llamarada y la abeja de la muerte atravesó de pecho a cola a un enorme ejemplar que marchaba junto a Loba Gris. Otra llamarada, otra y otra salieron del trineo, y al mismo tiempo Kazán sintió el paso de una cosa que ardía, y que le rozó la espalda.

Los perros del trineo fueron puestos en libertad y antes de que Kazán pudiera llegar hasta el hombre, se enfrentó a la masa de combatientes que se oponía a su paso. Se batió como un demonio y Loba Gris lo ayudó con fiereza. Dos lobos se adelantaron imprudentemente y Kazán oyó el ruido terrorífico que producía el rifle al caer sobre sus cabezas y romperles el cráneo. Lleno de odio, avanzó hacia el hombre que lo empuñaba y saltó hacia el trineo. Advirtió que en él había algo humano. Acababa de clavar profundamente sus dientes hundiéndolos en algo blanco, suave y velludo y abría de nuevo las mandíbulas para dar otro mordisco, cuando oyó una voz. ¡Era la voz de «ella»!

¡La voz de ella! Apartó la manta de piel de oso y a la luz de la luna vio claramente lo que había adentro. Advirtió en seguida que no era «ella». Pero la voz era la misma, y el rostro tenía la misma expresión que había aprendido a querer. Entonces vio que del envoltorio que ella apretaba salía un grito extraño.

Con rapidez se volvió, y mordió en el flanco de Loba Gris, que se alejó dando un aullido de asombro. El hombre estaba casi vencido y derribado. Kazán saltó, colocándose debajo del rifle que usaba aquel a guisa de maza, e hizo frente a lo que había quedado de la manada. Sus colmillos se clavaron en los lobos como cuchillos, y si había peleado como un demonio contra los perros, ahora se había multiplicado su furor contra los lobos. En cuanto al hombre ensangrentado y a punto de caer, se apoyó en el trineo, maravillado de lo que sucedía. Porque Loba Gris apoyaba instintivamente a su compañero; y al ver que Kazán atacaba a los lobos, se unió a él a pesar de no comprender la causa.

Acabada la lucha, Kazán y Loba Gris se quedaron en la llanura. La manada había desaparecido en la noche y la misma luna y las estrellas que enseñaran a Kazán sus derechos de lobo, le dijeron que en adelante aquellos hermanos salvajes no contestarían a su llamada cuando aullara al cielo.

Estaba herido. Loba Gris también, pero no tan grave como Kazán, el cual tenía un desgarrón y sangraba por una de sus patas a causa de un terrible mordisco. Poco después vio una hoguera en el bosque y quiso arrastrarse hasta allí y sentir la mano de la joven sobre su cabeza, como le ocurriera en aquella otra región que había más allá del monte. Habría ido, induciendo a Loba Gris a que lo imitara, pero allá estaba el hombre. Gimió y Loba Gris acercó el hocico a su cuello. Algo les advertía que eran proscritos; que las llanuras, la luna y las estrellas estarían ahora contra ellos, y se ampararon en el abrigo que les ofrecían las tinieblas del bosque.

Kazán no pudo ir muy lejos. Loba Gris se echó a su lado, y con la lengua calmó el dolor de las sangrantes heridas. Kazán, levantando la cabeza, gimió a las estrellas.

Capítulo V

KAZÁN CONOCE A JUANA

En el lindero del bosque de cedros y abetos, el viejo Pierre Radisson encendió una hoguera. El pobre hombre sangraba por diez o doce heridas, causadas por los dientes de los lobos, y sentía en su pecho aquel dolor antiguo y terrible, cuyo significado nadie conocía más que él. Desde el trineo, Juana lo observaba temblorosa con los ojos agrandados por el miedo. Sostenía a su hijita sobre el pecho. A pesar de ser madre, su lindo rostro no parecía aquella noche el de una mujer, sino el de una niña. El viejo Pierre, su padre, riendo mientras transportaba el último haz de leña, se detuvo para respirar con fuerza.

—Peligrosa estuvo la cosa ¿no? —dijo, jadeante—. Estuvimos más cerca que nunca de la muerte. Pero ahora estamos cómodos y abrigados. ¿Ya no tienes miedo?

—Fue la niña quien nos salvó —murmuró ella—. Nuestros pobres perros eran destrozados por los lobos, que se abalanzaron hacia ti. Uno de ellos se echó sobre el trineo. Al principio me figuré que sería uno de los nuestros, pero no, era un lobo. Se echó sobre nosotras y la piel de oso nos protegió. Estaba ya a punto de agarrarme el cuello, cuando gritó la niña y él se contuvo y me miró. Y entonces se volvió y empezó a pelear contra los otros lobos.

—Era un perro —contestó el viejo Pierre, estirando sus manos al calor de la llama—. A menudo van errantes, lejos de las factorías, y se unen a los lobos. Pero un perro es toda la vida un perro. Los golpes, los malos tratos, y hasta los mismos lobos, no pueden transformarlos por mucho tiempo. Él era uno de los de la manada. Con ellos vino... a matar. Pero cuando nos encontró...

—Se batió por nosotros —exclamó la muchacha—. Padre, sin duda está por aquí cerca, moribundo.

Pierre Radisson tosió con violencia. Y debido a la tos y a la sangre que escupía, el hombre se esforzaba por viajar con la mayor rapidez posible.

—Tienes razón —dijo—. Estaba muy mal herido y no creo que haya podido alejarse mucho. Toma a Juanita y siéntate junto al fuego hasta que yo regrese.

A poca distancia del lindero del bosque se detuvo un momento; ni uno solo de sus cuatro perros había quedado con vida. La nieve estaba roja de su sangre y sus cadáveres rígidos, donde cayeran muertos por la manada.

Pocos metros más allá, encontró huellas del extraño perro que viniera con los lobos. Parecía haberse arrastrado por la nieve, y Radisson esperaba encontrarlo muerto también.

Kazán sintió el olor del hombre, y vio la alta y delgada silueta que se acercaba a la luz de la luna. Trató de internarse más por el bosque, pero sólo pudo arrastrarse unos pocos pasos. El hombre se acercó rápidamente y Kazán descubrió el brillo del rifle que llevaba en una de sus manos. Loba Gris se sentó junto a él, temblando y mostrando los dientes. Cuando Pierre se acercó, ella se apresuró a ocultarse en la espesura.

Los dientes de Kazán brillaban amenazadores cuando Pierre se detuvo y lo miró. Con gran esfuerzo se puso de pie, pero volvió a caer en la nieve. El hombre dejó su rifle apoyado en un árbol y sin demostrar miedo se inclinó hacia el perro, el cual, dando un feroz gruñido, trató de morder sus manos. Pero para sorpresa suya, el hombre no cogió palo ni garrote. Otra vez tendió la mano, con más precaución, tocó su cabeza y le habló con voz tranquila. Luego, se encaminó de vuelta al campamento y regresó acompañado por la joven. En ella se advertían la delicadeza y la ternura femeninas.

Se dejó caer de rodillas sobre la nieve, junto a Kazán, pero fuera de su alcance. Su voz era suave y dulce.

—¡Ven, pobrecito, ven! —dijo cariñosamente, tendiendo la mano.

Kazán se estremeció. Luego avanzó algo hacia ella.

—¡Ven! —murmuró ella al advertir que el perro avanzaba. Y se inclinó un poco más, adelantó aún más la mano y, por último, lo tocó.

Pierre se arrodilló junto a su hija. Ofrecía carne a Kazán y éste la olió, pero fue la mano de la joven la que lo hizo temblar. Cuando ella se retiró algo, el perro se arrastró dolorosamente por espacio de medio metro sobre la nieve. Entonces la joven advirtió que tenía la pata herida y, olvidando toda precaución, se acercó del todo.

—¡No puede andar! —exclamó con voz temblorosa—. ¡Mira qué herida tan terrible! Llevémoslo al campamento.

—Ya me lo figuraba —replicó Radisson—. Por eso traje la manta.

De las tinieblas de la selva llegó a sus oídos un lamento.

Kazán levantó la cabeza y con un quejido contestó a la llamada que le dirigía Loba Gris.

Fue un milagro que Pierre Radisson pudiera cubrir con la manta al perro, lo llevara al campamento y saliera indemne de la aventura; pero si realizó este milagro, se debió a que Juana rodeaba con su brazo el cuello de Kazán cuando ayudaba a transportarlo. Lo dejaron junto al fuego y el hombre lavó la sangre de la pata herida, poniendo luego en ella algo suave y cálido, que calmaba el dolor. Finalmente la vendó con un trapo.

Luego las manos de Pierre y las de su hija acariciaron su cabeza, mientras Juana lo miraba y le hablaba con cariño. Más tarde, Kazán oyó un grito débil y extraño que salía del paquete de pieles que había en el trineo, que le hizo levantar la cabeza alarmado.

—Es tarde, Juana —le dijo su padre—. Entra en la tienda y duerme. Ahora no tenemos perros y habrá que viajar despacio. Debemos levantarnos temprano.

Antes de retirarse, Juana miró a Kazán y dijo:

—Con los lobos vino; vamos a llamarle Lobo.

Los ojos de Kazán estaban fijos en la joven. Comprendía que le dirigía la palabra y se arrastró hacia ella unos centímetros.

Una vez que Juana entró en la tienda, el viejo Radisson se sentó sobre el borde del trineo, mirando al fuego, con Kazán tendido a sus pies. De pronto, el silencio fue nuevamente interrumpido por el solitario y triste aullido de Loba Gris en lo profundo del bosque. Kazán levantó la cabeza y gimió.

—Te está llamando, amigo —dijo Pierre, comprensivo.

Tosió y se llevó la mano al pecho, donde el dolor lo atenazaba.

—Tengo helado un pulmón —dijo, dirigiéndose a Kazán—. Fue a principios del invierno, en Fond du Lac, cuando me pasó esto. Espero poder llegar a tiempo a casa... con las niñas.

En las soledades de aquellas desiertas regiones nor-
teñas, las personas adquieren pronto la costumbre de
hablar consigo mismas. Pero como Kazán tenía la cabeza
erguida y los ojos atentos, Pierre le dirigía la palabra en
lugar de hablar a solas.

—Hay que llevarlas a casa, y para eso ya no queda-
mos más que tú y yo.

—¡Mi casa! —exclamó luego, fatigado y con una mano
en el pecho—. Está a ciento veinte kilómetros al norte,
hacia el río Churchill..., y quiera Dios que lleguemos allí...
antes de que se me acabe la vida.

Se puso de pie, tambaleante. Como Kazán llevaba
todavía collar, por medio de él lo ató con una cadena al
trineo. Luego echó al fuego tres o cuatro ramas y entró en
la tienda donde Juana y la niña ya estaban dormidas.
Varias veces oyó Kazán aquella noche la voz de Loba Gris
que llamaba al compañero perdido, pero algo le advirtió
que no debía contestar. Hacia el amanecer, Loba Gris se
aproximó al campamento y por vez primera Kazán le
contestó.

Su aullido despertó al hombre, que salió de la tienda. Miró por unos instantes al cielo, encendió nuevamente la hoguera y empezó a preparar el desayuno. Acarició
la cabeza de Kazán y le dio un trozo de carne. Juana salió
unos momentos más tarde, dejando a la niña dormida en
la tienda. Se acercó a su padre para besarlo y luego se
dejó caer de rodillas junto a Kazán; le habló casi de la
misma manera que a la niña. Cuando se levantó para
ayudar a su padre, Kazán, restablecido, la siguió, y al
verlo, Juana dio un grito de alegría.

Ese mismo día empezó el extraño viaje al norte.
Pierre Radisson vació el trineo de casi todo lo que conte-
nía, a excepción de la tienda, las mantas, las provisiones y
el nido formado con la piel de oso para la pequeña

Juanita. Luego se ató las correas al cuerpo y arrastró el trineo por la nieve. Tosía incesantemente.

Kazán aprendió que la niña que iba en el trineo era lo más precioso del mundo para la joven que le acariciaba la cabeza y le hablaba. También observó que Juana se ponía muy contenta y que su voz era más cariñosa cuando él se interesaba por aquella cosa pequeña, cálida y palpitante.

Al término de la jornada, después de haber instalado el campamento, Pierre Radisson permaneció largo rato junto al fuego. Aquella noche no fumó. Miraba fijamente las llamas. Cuando se levantó para dirigirse a la tienda con la joven y la niña, se inclinó hacia Kazán y le examinó la herida.

—Mañana tendrás que trabajar, amiguito —le dijo—. Antes de la noche debemos llegar al río. De lo contrario...

Kazán oyó tres veces cómo lo llamaba la fiel Loba Gris desde las profundidades del bosque y las tres veces le contestó. Al alba, la loba se acercó y él empezó a tirar de la cadena que lo sujetaba y a gemir, para que ella acudiera y se echara a su lado. Pero en cuanto Radisson empezó a moverse dentro de la tienda, Loba Gris se alejó. El rostro del viejo estaba más demacrado y tenía los ojos muy enrojecidos, pero su tos no era tan violenta ni frecuente; parecía un silbido; se llevaba continuamente las manos al cuello.

Cuando Juana lo vio, se puso muy pálida y el temor que sentía se reflejó claramente en sus ojos. Pierre se echó a reír mientras ella lo abrazaba.

—Fíjate que ya la tos no está tan dura, querida Juana. Sabes que después de un catarro como éste uno queda débil y con los ojos irritados.

El día que siguió fue frío y oscuro, y mientras hubo luz el hombre y el perro tiraron tenazmente del trineo, tras el cual iba Juana a pie. A Kazán no le molestaba ya su herida, y el hombre no le pegó una sola vez, sino que, por el contrario, le acariciaba el lomo y la cabeza. Poco a poco oscureció y en las copas de los árboles empezó a oírse el clamor de la tormenta.

Pero ni la obscuridad ni la tempestad que se aproximaba indujeron a Pierre Radisson a acampar.

—Debemos llegar al río... debemos llegar al río —repetía una y otra vez. Y acariciando a Kazán, lo animaba a hacer un esfuerzo más, pues sentía que sus propias fuerzas disminuían rápidamente.

Cuando se detuvo por una hora al mediodía, la tempestad los había alcanzado y la nieve caía con fuerza. Por fin, entrada la tarde, llegaron al borde del bosque y ante ellos se abrió una llanura, que Radisson señaló satisfecho.

—Allí está el río, Juana —exclamó con voz débil y entrecortada—. Podemos acampar aquí y esperar a que vuelva el buen tiempo.

Bajo unos altos abetos armó la tienda y luego empezó a reunir leña; Juana le ayudó y, tan pronto cenaron, cayó extenuada.

Su padre se dirigió a la tienda, levantó la lona, y le dijo:

—Hemos llegado casi al fin de nuestro viaje, Juana. Ahí fuera está nuestro río, el pequeño Castor... Si me diera la humorada de abandonarte, podrías llegar a la cabaña siguiendo su curso. Sólo hay sesenta kilómetros. ¿Me oyes?

—Sí... ya lo sé.

—Sesenta kilómetros, río abajo, sin desviarte. No podrías perderte —repitió.

Pierre volvió junto al fuego, vacilante.

—Buenas noches, amigo —dijo al perro—. Será mejor que entre en la tienda y acompañe a las niñas. Dos días más... sesenta kilómetros... dos días.

Kazán oyó más cercano el aullido de Loba Gris. Aquella noche la deseaba cerca de él, pero ni siquiera gimió para contestarle. No se atrevió a interrumpir el silencio que reinaba en la tienda. Del lejano norte llegaba débilmente ese ruido monótono, misterioso, que produce la aurora boreal. Luego el frío aumentó intensamente.

A medianoche, Loba Gris aulló otra vez. Había una nueva nota en su voz, una nota que significaba más que la llamada ordinaria a su compañero. Al oírla, Kazán se levantó, olvidó el silencio y el miedo, y con la cabeza levantada al cielo aulló como lo hacen los perros salvajes del norte ante las tiendas de sus amos que acaban de morir.

Pierre Radisson había muerto.

Capítulo VI
LA TEMPESTAD DE NIEVE

Con las primeras luces del alba, la niña hambrienta despertó a su madre. Juana abrió los ojos, vio que su padre estaba tendido al otro lado de la tienda, muy quieto, y se alegró de que durmiera aún. Sabía que el día anterior había sido muy fatigoso y por eso permaneció quieta media hora más, acariciando a su hija para que no llorara. Luego se levantó sin hacer ruido, se cubrió con su abrigo y salió.

El día estaba claro; Juana dio un suspiro de satisfacción al observar que la tempestad se había alejado. Hacía un frío intenso y el fuego se había apagado. Kazán, enroscado, tenía la nariz metida dentro del hueco que le ofrecían sus patas traseras. Al salir Juana, levantó la cabeza, temblando.

—Pobre Lobo —dijo la joven—. ¡Debí darte una de las pieles de oso!

Levantó la lona de la entrada y penetró en la tienda. Vio entonces el rostro de su padre a la luz del día, y, desde fuera, Kazán oyó su terrible grito.

Juana se arrojó sobre el pecho de su padre, y sollozó tan calladamente que ni siquiera el fino oído del perro pudo percibir el más leve sonido. Allí permaneció, sumida en su dolor, hasta que su energía vital de mujer y de madre se despertó al oír el llanto de la niña.

De pronto recordó lo que le dijera su padre la noche anterior, sus palabras acerca del río, del hogar que se hallaba a sesenta kilómetros de allí. Sin duda alguna previó lo que iba a suceder.

Envolvió cuidadosamente a la niña en las pieles y volvió al lugar donde la noche anterior habían encendido la hoguera. Sesenta kilómetros siguiendo el río... Después le dio un trozo de carne a Kazán y derritió nieve para hacer té. No tenía apetito, pero recordó que su padre la obligaba a comer cuatro o cinco veces al día.

Llegó la terrible hora que tanto temía. Puso el cadáver de su padre entre las mantas y lo ató con correas. Luego guardó todas las mantas y pieles restantes en el trineo que estaba junto al fuego y colocó a la niña entre los abrigos. Desarmar la tienda fue un trabajo duro para ella. La puso sobre el trineo y miró hacia atrás.

Pierre Radisson yacía al abrigo del cielo gris y de las ramas de los árboles.

La joven puso una correa de tiro por su cintura, y así, ella y el perro emprendieron el camino hacia el río, hundiéndose hasta la rodilla en la nieve reciente. Antes de llegar al río, Juana cayó. Kazán se le acercó y su frío hocico le tocó el rostro cuando trataba de ponerse nuevamente de pie. Y entonces Juana tomó la cabeza del perro y la mantuvo un momento entre sus manos.

—¡Lobo! —sollozó—. ¡Oh, Lobo!

Siguieron adelante. A cosa de un kilómetro, se detuvo y no pudo contener el desaliento. ¡Sesenta kilómetros!

Luego encontraron en la superficie del hielo un espacio barrido por el viento y Kazán arrastró solo el trineo. Juana caminaba a su lado. ¡Sesenta kilómetros! Su padre le había dicho que podría recorrerlos y que le sería imposible extraviarse. Pero ignoraba ella que su mismo padre había temido dirigirse al norte ese día con tan baja temperatura y un viento violento y precursor de otra tempestad de nieve. Juana apenas andaba, incapaz de ayudar al perro, pues cada vez sentía que le pesaban más las piernas, hasta que, con un gemido, se echó en el trineo y se desvaneció.

Kazán se detuvo, retrocedió y fue a sentarse al lado de su ama, esperando que se moviera y le hablara, pero ella permaneció inmóvil. Hundió su hocico en el cabello de la joven y exhaló un gemido. Luego levantó la cabeza y husmeó el viento, que le trajo un olor nuevo. Volvió a tocar a Juana con el hocico, y regresó a su sitio, frente al trineo.

El extraño olor que el viento le traía se acentuó. Kazán empezó a tirar del trineo, pero los patines se habían helado en la nieve y tuvo que valerse de su fuerza extraordinaria para despegarlos. Dos veces, durante los cinco minutos siguientes, se detuvo para olfatear el aire; la tercera vez que interrumpió la marcha en un torbellino de nieve, se volvió al lado de Juana y gimió en vano para despertarla. Luego reanudó la marcha, y paso a paso arrastró el trineo a través del torbellino. Más allá se detuvo para descansar. Calmado el viento, sintió el olor, que tanto le inquietaba, con más fuerza que antes.

Al extremo de la faja de hielo había una estrecha fisura en la orilla, en donde un arroyo desembocaba en la corriente principal. Kazán se encaminó a la fisura y durante diez minutos luchó con la nieve sin descanso, gimiendo cada vez con más fuerza y frecuencia hasta que, por último, su gemido se convirtió en un claro y alegre ladrido. Frente a él, y junto al arroyo, había una cabaña; de su chimenea salía una columna de humo cuyo olor llevara el viento a Kazán. Una acentuada pendiente conducía a la puerta y, con toda la fuerza que le restaba, Kazán arrastró su pesada carga hasta allí. Luego se volvió hacia Juana, levantó su cabeza al oscuro cielo y aulló.

Poco tardó en abrirse la puerta de la vivienda y surgió un hombre.

Del pecho de Kazán salió un profundo suspiro de alivio. Estaba lastimado y sin fuerzas; tenía las patas heridas y ensangrentadas. Se echó junto a las correas del tiro mientras el hombre transportaba a Juana y a la niña al interior de la cabaña.

Pocos minutos más tarde reapareció el hombre. No era viejo como Pierre Radisson. Se acercó a Kazán y lo miró atentamente.

—¡Dios mío! —exclamó—. ¿Tú has hecho esto? ¿Tú solo?

Se inclinó sin demostrar el menor miedo, desató al perro y lo guió hacia la puerta de la cabaña. Kazán vaciló, volvió la cabeza y confundido con el aullido del viento, le pareció oír la llamada de Loba Gris.

La puerta de la cabaña se cerró tras él. Se tendió en el rincón más obscuro de la estancia, mientras el hombre preparaba algo en la cocina, para dárselo a Juana. Transcurrió un buen tiempo antes de que ésta se levantara del lecho que el dueño de la cabaña había improvisado para ella. Kazán la oyó llorar; en seguida el desconocido colgó una gran manta delante de la litera y se sentó junto a la estufa. Sin hacer ruido, Kazán se deslizó a lo largo de la pared, se metió debajo de la cama y, desde allí, escuchó largo rato el llanto de la joven. Después reinó el silencio.

A la mañana siguiente salió de la cabaña en cuanto el hombre abrió la puerta, y huyó al bosque. A un kilómetro de distancia encontró la pista de Loba Gris y la llamó. No tardó en oír su respuesta, procedente del río, y se apresuró a ir a su encuentro.

En vano Loba Gris trató de inducirlo a que la acompañara a los lugares en que hasta entonces vivieran y se alejara de la cabaña y del olor del hombre. Aquella misma mañana, el hombre de la cabaña enganchó sus perros al trineo y, desde el lindero del bosque, Kazán pudo ver cómo hacía entrar en éste a Juana y a la niña. Kazán siguió durante todo el día las huellas del trineo, con Loba Gris detrás de él. Era ya noche cerrada cuando llegaron a otra cabaña y el hombre llamó a la puerta. Apareció una luz, y se oyó la alegre bienvenida de otro hombre y el sollozo de Juana. Kazán había presenciado la escena desde lejos y volvió a reunirse con Loba Gris.

Durante las semanas que siguieron al regreso de Juana a su hogar, el encanto de la cabaña y de la mano de la joven ejercieron su acostumbrada influencia en Kazán. Y así como había tolerado a Pierre, toleraba ahora al hombre joven que vivía con Juana y la niña. Hasta el tercer día no logró Juana que Kazán entrara en la cabaña, cuando su marido llegó con el cadáver congelado de Pierre Radisson. El hombre se dio cuenta de que el nombre de Kazán estaba grabado en el collar que llevaba el perro y a partir de aquel momento se le dio su verdadero nombre.

A unos ochocientos metros de la cabaña, en lo alto de una enorme masa de rocas que los indios conocían por el nombre de Roca del Sol, él y Loba Gris encontraron el abrigo que eligieron como madriguera; y desde allí salían a la llanura a cazar. Muchas veces la voz de Juana llegaba hasta ellos:

—¡Kazán! ¡Kazán!

Durante todo aquel largo invierno Kazán alternó su vida entre el encanto de Juana y de la cabaña... y el de Loba Gris.

Luego llegó la primavera... y con ella el gran cambio.

Capítulo VII

EL GRAN CAMBIO

Las rocas, los montes y los valles tomaban otro aspecto gracias al calor que llegaba. Los botones de los álamos estaban hinchados y prontos a abrirse. Cada día era más intenso el aroma de los bálsamos y de los pinos, y en toda la región, en la llanura y en el bosque, se oía el dulce murmullo de los riachuelos primaverales que recorrían su camino hacia la Bahía de Hudson.

Kazán se sentía más cómodo que durante el largo y terrible invierno... y soñaba cosas agradables.

Loba Gris estaba echada a su lado, con las patas extendidas. Miraba a Kazán ansiosa mientras éste dormía.

De la llanura llegó la voz de la mujer y Kazán gimió en respuesta a su llamada. Loba Gris se acercó y posó el hocico en su espalda; había aprendido a conocer el significado de aquella voz, y la temía mucho más que al olor o al ruido que producía el hombre.

Desde que abandonara la manada y su antigua vida por Kazán, esa voz había llegado a convertirse en su peor enemigo y la odiaba, pues adondequiera que la voz fuera, Kazán la seguía.

Noche tras noche le robaba a su compañero y la dejaba errar solitaria a la luz de las estrellas, guardándole fidelidad a pesar de la soledad; ni una sola vez Loba Gris contestó a las llamadas de sus hermanos salvajes que la invitaban a la caza. Gruñía a la voz de la mujer y hasta llegaba a morder ligeramente a Kazán para demostrarle su disgusto. Pero aquel día, cuando la voz llegó hasta ellos por tercera vez, ella se ocultó en una fisura entre dos rocas y Kazán no vio más que sus ojos furiosos.

Corrió nervioso hacia la senda que sus propias patas habían trazado hasta la cima de la Roca del Sol y se quedó indeciso. Todo ese día y el anterior había estado intranquilo y molesto. Lo que lo excitaba parecía estar en el aire; era algo que no podía ver, oír ni olfatear. Pero, en cambio, lo sentía. Se dirigió a la fisura y husmeó a Loba Gris. Usualmente ella gemía, invitándolo a que se quedara a su lado, pero su respuesta entonces fue arrugar los labios y mostrarle sus blancos dientes.

Kazán se dirigió vacilante a la senda, pero luego decidió bajar. Era una senda estrecha y sinuosa abierta en la piedra; la Roca del Sol era un peñasco enorme que se remontaba a gran altura.

Cuando Kazán llegó abajo, ya no vaciló más, sino que voló en dirección a la cabaña. Por el instinto, que siempre gobernaba sus actos, no se acercaba nunca a la cabaña sin tomar antes toda suerte de precauciones. Como nunca avisaba su llegada, Juana se sobresaltó ligeramente al verlo en el umbral de la puerta. La niña expresó su alegría con toda clase de movimientos y gritó llamándolo. Juana también le tendió la mano.

—¡Kazán! —dijo con suavidad—. ¡Ven, Kazán, entra!

Lentamente se apagó el rojizo resplandor de los ojos de Kazán. Puso una pata en el umbral y se quedó inmóvil mientras Juana lo llamaba otra vez. De pronto pareció que le flaqueaban las patas, bajó la cola y entró con timidez, como esperando ser castigado por alguna travesura. Juana dejó caer la mano sobre su cabeza; Kazán, al sentir ese contacto, se estremeció de alegría, sintiéndose recompensado por haber abandonado a Loba Gris y la misma libertad. Con lentitud levantó la cabeza hasta dejarla reposar sobre las rodillas de la joven y cerró los ojos, mientras la niña le tiraba con toda calma el pelo.

—Querido Kazán —le dijo Juana—. Estamos muy contentas de que hayas venido, porque esta noche estaremos solas la niña y yo. Papá ha ido a la factoría. Tú tendrás que cuidar de nosotras.

Con una de sus trenzas le hizo cosquillas en el hocico, lo cual divertía mucho a la pequeñuela, porque el perro se veía obligado a estornudar y a mover las orejas.

—Y serías capaz de pelear por nosotras si fuese necesario, ¿verdad? —continuó diciendo Juana. Luego se levantó sin hacer ruido—. Cerraré las puertas —añadió—. No quiero que hoy te marches, Kazán.

Kazán se dirigió a su rincón y se echó. Tal como había algo en la Roca del Sol que lo intranquilizara, algún misterio había también en la cabaña.

—Nos marchamos —murmuró Juana temblorosa, hasta el punto que parecía contener un sollozo—. Nos vamos a vivir donde hay iglesias, ciudades, música y todas las cosas hermosas del mundo. Y vamos a llevarte con nosotros, Kazán.

Este no entendió las palabras de su ama, pero se sentía feliz de tenerla cerca. Había olvidado a Loba Gris. Mas en cuanto Juana se acostó en su cama y en la cabaña reinó el silencio, volvió su desasosiego.

Por espacio de mucho tiempo, permaneció de pie en el centro de la habitación escuchando. Y oyó, lejos, muy lejos, el lastimero aullido de Loba Gris, sólo que aquella noche no era un grito de soledad. El aullido lo hizo estremecer. Corrió hacia la puerta y gimió. Juana estaba profundamente dormida, y no pudo oírlo. Una vez más oyó el grito de su compañera. Después de eso ya nada alteró la tranquilidad y el silencio de la noche. Kazán se echó en el suelo, junto a la puerta.

Juana lo encontró allí, aún vigilante, a la mañana siguiente. Abrió la puerta y él huyó a toda prisa. Parecía que sus patas no tocaban el suelo cuando se alejaba rápidamente en dirección a la Roca del Sol.

Loba Gris no estaba en la entrada de la madriguera esperándolo, pero él la olfateó y, además, en el aire percibió el olor de algo más. Se contrajeron sus músculos y en lo profundo de su pecho nació un gruñido, pues comprendió que aquella extraña cosa era lo que lo inquietaba. Algo que vivía y respiraba había invadido la guarida que él compartía con Loba Gris. Mostró sus terribles colmillos y un gruñido amenazante salió de su boca. Y, dispuesto a saltar sobre ese ser desconocido, se acercó a las dos rocas entre las cuales Loba Gris se alojara el día anterior. Estaba allí todavía y con ella, algo más. Casi enseguida se relajaron los músculos de Kazán y los pelos de su espinazo se alisaron. Poniendo la cabeza entre las rocas, gimió con dulzura. Loba Gris gimió también. Kazán se retiró lentamente y miró al sol que se levantaba. Luego se echó de manera que su cuerpo cerrara la entrada entre las rocas.

Loba Gris era madre.

Capítulo VIII

TRAGEDIA EN LA ROCA DEL SOL

Durante todo aquel día, Kazán estuvo de guardia en la cima de la Roca del Sol. El destino y el miedo a la brutalidad de sus amos lo había privado anteriormente de la paternidad. Algo le dijo que ahora pertenecía a la Roca del Sol y no a la cabaña, y la llamada que llegó a él desde la llanura le pareció ya menos fuerte. Al atardecer, Loba Gris salió de su retiro, se acercó a él gimiendo y lo mordió suavemente en el cuello. El antiguo instinto de sus padres le hizo acariciar con la lengua la cara de Loba Gris. Esta acababa de dar una carrera. Se sentía feliz y, como oyera un ligero ruido a sus espaldas, Kazán movió la cola y Loba Gris volvió al lado de sus cachorros.

El infantil grito y sus efectos sobre Loba Gris fueron las primeras lecciones de paternidad para Kazán. El instinto le dijo que Loba Gris no podría ir entonces de caza con él, pues tendría que permanecer en la Roca del Sol. Por eso, en cuanto se levantó la luna, salió solo, y hacia la aurora volvió con un gran conejo blanco entre los dientes. Obedeció así a la naturaleza salvaje y Loba Gris comió vorazmente. Kazán comprendió, a partir de entonces, que todas la noches tendría que cazar para Loba Gris y para los pequeñuelos que estaban ocultos entre las rocas.

Ni al día siguiente ni al otro día volvió a la cabaña, a pesar de oír las voces del hombre y de la mujer que lo llamaban. Al quinto día fue. Juana y la niña se alegraron mucho de verle, en tanto el hombre observaba las manifestaciones de júbilo con una mirada de desaprobación.

—Le tengo miedo —dijo a Juana por centésima vez—. Hay en sus ojos un brillo especial que sólo he visto en los lobos. Es de raza traidora. Muchas veces pienso que habría sido mejor no traerlo aquí.

—De no haber sido así, ¿dónde estaría Juanita? —preguntó Juana, conmovida.

—Casi lo había olvidado —dijo su marido—. Y ahora que lo recuerdo, Kazán, me parece que yo también te quiero —añadió, y puso su mano sobre la cabeza del perro—. Vamos a ver si le gusta vivir allá. Seguramente ha vivido siempre en el bosque.

—A mí me sucede lo mismo —contestó Juana—, porque he pasado toda la vida en el bosque. Será por eso que quiero tanto a Kazán.

Aquella noche la luna inundó de luz plateada la cima de la Roca del Sol, y Loba Gris salió de su madriguera acompañada por los tres cachorros, que rodeaban a su padre, lo mordían y le tiraban los pelos. A veces daban gritos y se sostenían mal sobre sus patitas, con la misma torpeza con que la pequeña Juana trataba de andar sobre sus piernas. Kazán no los acariciaba como Loba Gris, pero el contacto de sus cuerpecillos y sus juegos infantiles lo llenaban de un placer especial, que nunca hasta entonces había sentido.

El cielo estaba casi tan claro como si hubiera sido de día, cuando Kazán salió a la llanura en busca de alimento para Loba Gris. Al pie de la roca saltó ante él un enorme conejo blanco y se apresuró a darle caza. Lo persiguió por espacio de un kilómetro, hasta que en él predominó el instinto de los lobos sobre el del perro y abandonó la inútil persecución. Habría podido vencer en la carrera a un gamo, pero a las presas menores era preciso cazarlas por entre los setos y sin hacer el más pequeño ruido. Se encontraba a un kilómetro y medio de la Roca del Sol cuando dos oportunos saltos pusieron entre sus dientes la cena de su compañera. Al regresar a su morada, dejaba de vez en cuando en el suelo el enorme conejo que había cazado, a fin de descansar.

Cuando llegó al estrecho sendero que conducía a lo alto de la Roca del Sol se detuvo, porque notó que había en ella un olor de extrañas pisadas. Cayó el conejo de entre sus dientes y cada uno de los pelos del cuerpo de Kazán pareció animarse con vida propia. Lo que husmeaba no era el olor de un conejo, de una marta o de un puerco espín, sino que advertía claramente que un animal de dientes y garras lo había precedido en su camino a la cima. Entonces débilmente, desde lo alto, escuchó sonidos que lo hicieron prorrumpir en un aullido de alarma. Y al llegar arriba vio, a la luz de la luna, una escena que lo petrificó como si se hubiese convertido en una estatua.

Cerca del borde del precipicio que allí formaban las rocas, Loba Gris estaba empeñada en mortal lucha con un enorme lince. Por momentos la loba estaba debajo de su enemigo, por momentos encima, y, de pronto, dio un terrible alarido de dolor.

Kazán acudió al teatro de la lucha y su ataque fue rápido y silencioso como el del lobo, combinando con la mayor valentía, la furia y estrategia del perro husky. Otro husky hubiera perecido en el primer ataque de Kazán, pero el lince no era ni perro ni lobo; era el ser más rápido de aquellos parajes. Los agudos y largos colmillos de Kazán se habían clavado en la yugular de su enemigo, pero en una fracción de segundo el lince retrocedió como enorme y blanda pelota y los dientes de su adversario resbalaron en la carne del cuello. Y es preciso tener en cuenta que Kazán luchaba contra garras, garras que cortaban como veinte navajas. Tras él oía los gritos de dolor de Loba Gris, lo que le hizo comprender que estaba muy mal herida. Esta idea lo enardeció y duplicó su fuerza; sus dientes se cerraron sobre la piel y la carne del cuello del lince, pero éste pudo eludir la muerte; era preciso que Kazán mordiera de nuevo y con mayor acierto. Separándose ligeramente, dio la embestida final. El lince estuvo un instante en libertad y, aprovechándolo, se echó de espaldas, pero Kazán se arrojó sobre él, ladeándose ligeramente, y pudo cogerlo por el cuello.

Las garras del gato salvaje rasgaron el costado del perro y lo abrieron, aunque a demasiada altura para que la herida fuese mortal. Con otro golpe habría llegado a algún punto vital, pero como luchaban ciegos de ira y al borde mismo del precipicio, de pronto, sin proferir grito ni gruñido alguno, ambos se despeñaron. Había unos quince metros desde donde se hallaban hasta el escalón de rocas más cercano, pero ni en la caída Kazán soltó a su presa; por el contrario, clavó sus dientes con mayor fuerza. Tuvo la suerte de caer encima de su enemigo y eso amortiguó el golpe, cuya violencia, no obstante, lo lanzó lejos de la fiera. Se levantó, aturdido, gruñendo y dispuesto a la defensa. El lince estaba en el mismo lugar en que cayera y Kazán se acercó y husmeó prudentemente. Comprendió que había terminado la pelea. Entonces se esforzó por llegar a la senda, y volvió corriendo junto a Loba Gris.

Esta no se hallaba ya en el mismo sitio a la luz de la luna. Cerca de las rocas que le sirvieran de abrigo estaban los cuerpos de los tres cachorros, destrozados. Dando un terrible gemido, Kazán se aproximó a las rocas y metió la cabeza entre ellas. Loba Gris estaba allí y se quejaba, como si sollozara. Él se adelantó y empezó a lamer el lomo y la cabeza de su compañera, que siguió quejándose durante toda la noche. Al amanecer la pobre loba se arrastró hasta el lugar donde habían quedado los cadáveres de sus pequeños hijos.

Sólo entonces Kazán pudo darse cuenta de la obra del lince. Loba Gris estaba ciega, no por un día ni una noche, sino para siempre. La había envuelto una obscuridad eterna que ningún sol podría disipar. Y tal vez también el maravilloso instinto de los animales, a veces más maravilloso que la razón humana, le hizo comprender lo ocurrido. Porque sabía que Loba Gris estaba indefensa, mucho más que los cachorros que jugaban a la luz de la luna pocas horas antes.

En vano Juana llamó al perro. Su voz llegó ciertamente a la Roca del Sol y, al oírla, Loba Gris se acercó más a Kazán, el cual echó hacia atrás las orejas y le lamió las heridas. Después dejó un momento a su compañera para ir en busca del conejo muerto que dejara al pie de la roca, pero Loba Gris olió la presa y no quiso comer. Más tarde, él le comunicó su deseo de que lo siguiera hacia la senda, pues no quería continuar en lo alto de la Roca del Sol, ni que se quedara allí Loba Gris. Paso a paso, la guió y la alejó de sus cachorros muertos; ella no quería moverse más que cuando sentía el cuerpo de Kazán en contacto con el suyo, de manera que pudiera tocar su desgarrado flanco con la nariz.

Así llegaron a un lugar en el que era preciso dar un salto de casi un metro, y allí comprendió Kazán lo absolutamente inválida que había quedado Loba Gris. Esta gimió y se echó al suelo veinte veces antes de atreverse a dar el

salto; se decidió al fin, y cayó con las patas rígidas junto a
Kazán. Desde entonces éste no tuvo que esforzarse tanto
para que la hembra lo siguiera, pues Loba Gris ya sabía
que solamente estaba segura cuando su nariz tocaba el
costado de su compañero. Lo siguió, pues, obediente,
cuando llegaron a la llanura, y trotaba de manera que su
lomo rozara la cadera de él.

Kazán se encaminaba hacia un bosquecillo que había junto al arroyo, a unos ochocientos metros de distancia; Loba Gris tropezó y cayó por lo menos una docena
de veces en el trayecto.

Y cada vez que caía, Kazán comprendía un poco
más las limitaciones de quien no puede ver. A partir de
entonces, cada vez que tenía que alejarse de ella, volvía
donde la dejara, seguro de que estaba esperándolo.

Durante todo el día permaneció en el bosquecillo, y,
por la tarde, fue a hacer una visita a la cabaña. Juana y su
marido se dieron cuenta de las heridas que tenía el perro,
y el hombre, después de examinarlas, observó:

—Dura debió de ser la pelea. Eso se lo ha hecho un
lince o un oso, porque no es herida que pueda causar
otro lobo.

Por espacio de media hora Juana, se ocupó exclusi-
vamente de él, hablándole y acariciándolo. Le lavó las
heridas con agua caliente, luego le aplicó un ungüento
calmante y Kazán volvió a sentir el intenso deseo de
permanecer con ella para siempre y no volver al bosque.
Ella le permitió echarse a su lado y poner el hocico
pegado a su zapato; luego fue a preparar la cena y Kazán
no tuvo más remedio que levantarse, cosa que hizo de
bastante mala gana. Se dirigió a la puerta. Lo llamaban
Loba Gris y las sombras de la noche y contestó ambas
llamadas con la cabeza baja, pues ya había desaparecido
el encanto que para él tuviera la libertad. Cuando se

reunió con Loba Gris, había salido la luna. Ella lo recibió alegre; manifestó su contento con un gemido de gozo y aproximó a él su cabeza. Más feliz parecía Loba Gris en su lamentable estado que Kazán en posesión de todo su vigor.

A partir de aquel día y durante los siguientes, hubo una enconada lucha entre la ciega y fiel Loba Gris y la mujer de la cabaña. Si Juana hubiese sabido lo que Kazán dejaba en el bosque, si hubiera visto una sola vez al pobre animal para quien Kazán era entonces la misma vida —el sol, la luna, las estrellas, todo—, seguramente habría ayudado a Loba Gris. Pero no siendo así, trató de atraer cada vez más al perro y logró finalmente la victoria.

Una semana después de la lucha en la Roca del Sol, llegó el día de la partida. Kazán, dos días antes, llevó a Loba Gris a un bosquecillo inmediato al río y allí la dejó cuando se encaminó a la cabaña. Esa vez le ataron una fuerte correa de piel de reno al collar y lo dejaron sujeto a la pared de troncos. Al día siguiente, Juana y su marido se levantaron antes del alba. La enorme canoa estaba dispuesta y los esperaba. Juana y la niña embarcaron primero. Luego, sosteniendo el extremo de la cuerda, el hombre hizo entrar a Kazán y le ordenó que se echara junto a ella.

Cuando empezó la navegación, el sol bañó la espalda de Kazán y éste cerró los ojos y posó su cabeza en el regazo de su ama. La mano de la joven se apoyó en su lomo y él escuchó el sollozo que su marido no pudo oír, mientras la canoa se alejaba corriente abajo.

Juana agitó la mano para despedirse de la cabaña, que desapareció tras los árboles.

—¡Adiós! ¡Adiós! —exclamó, y escondió el rostro junto a Kazán y a la niña y lloró.

El hombre cesó de remar.

—¿Te entristece que nos marchemos, Juana? —preguntó.

Pasaban entonces junto a un recodo del río y el olor de Loba Gris llegó hasta Kazán, que dejó oír un débil gemido.

Juana movió la cabeza negativamente.

—No —contestó—. Pero siempre hemos vivido aquí... entre los bosques... que son mi país...

Kazán tenía vuelta la cabeza en dirección a la cabaña. Lo llamó el hombre y Juana levantó la cabeza. Súbitamente se deslizó de su mano la cuerda que sujetaba al perro y una extraña luz brilló en los ojos del animal, cuando éste vio lo que había en la orilla, a poca distancia. Era Loba Gris, cuyos ciegos ojos estaban vueltos hacia Kazán. Por fin Loba Gris, fiel y amante, había comprendido. El olfato le dio cuenta de lo que no podían ver sus ojos. Kazán y el olor del hombre estaban juntos. Y se marchaban... se marchaban.

—¡Mira! —exclamó Juana, dirigiéndose a su marido.

Este se volvió. Las patas anteriores de Loba Gris estaban en el agua. Y cuando se alejaba la lancha, la loba se sentó sobre su cuarto trasero, levantó la cabeza al sol que no podía ver y profirió un tristísimo aullido dirigido a Kazán.

La canoa se ladeó de improviso. Un cuerpo gris saltó... y Kazán cayó al agua.

El hombre se inclinó para coger su rifle, pero la mano de Juana lo detuvo. La cara de la joven estaba palidísima.

—¡Déjalo que se vaya con ella! ¡Déjalo! ¡Déjalo! —exclamó—, su sitio está junto a la loba.

Al llegar a la orilla, Kazán se sacudió el agua de su espeso pelaje y por última vez miró a la mujer. La canoa desapareció lentamente tras el recodo del río. Loba Gris había triunfado.

Capítulo IX

EL INCENDIO

A partir de la terrible lucha que había sostenido con el lince en lo alto de la Roca del Sol, Kazán recordaba cada vez con menos claridad los días pasados, en que fuera perro de trineo y luego jefe de manada. Predominaban algunos recuerdos sobre los demás.

Uno era aquella mortal lucha en la Roca del Sol. Había matado al lince, pero Loba Gris estaba ciega. La venganza no pudo hacerle recobrar la vista, y ya no podía cazar con él como hiciera antaño.

Otro era la partida de Juana con su hija y su marido. Muchas veces iba al lugar en que los abandonara y con profunda añoranza miraba el río que se los llevó.

Así, la vida de Kazán parecía depender de tres circunstancias: el odio a todo lo que tuviera la apariencia o el olor del lince; su tristeza por la ausencia de Juana y de la niña; y su cariño por Loba Gris.

Kazán reconoció entonces que la loba le era más necesaria que cuando ella abandonó la manada para seguirlo. No hay que olvidar que Kazán tenía sangre de perro y que necesitaba de la compañía que entonces sólo la loba podía ofrecerle. Estaban solos; las regiones civilizadas se hallaban a casi un millar de kilómetros al sur y la factoría más cercana, a unos novecientos kilómetros al oeste. Con frecuencia, en la época de la mujer y de la niña, Loba Gris había pasado las noches sola en el bosque, esperando y llamando a Kazán, y ahora era éste el que se sentía intranquilo cuando no estaba junto a su compañera.

A principios del verano, Loba Gris podía ya viajar con Kazán, si éste no iba demasiado rápido. Corría junto a él, tocándolo con el hocico o con el lomo, y Kazán a su vez aprendió a trotar en vez de saltar. Comprendió que debía elegir los caminos más fáciles para Loba Gris y cuando llegaban a un lugar que era preciso franquear de un salto, se lo advertía a su compañera. Esta escuchaba con las orejas erguidas, y se daba cuenta, por el ruido, de la distancia. De todos modos siempre daba el salto demasiado largo, lo que le evitaba contratiempos.

Por otra parte, Loba Gris se hizo más indispensable que nunca a Kazán. Su oído y su olfato se desarrollaron notablemente, sustituyendo a la vista, al tiempo que se hacía más completo el mudo lenguaje por medio del cual podía comunicar a Kazán lo que descubría. Y Kazán adoptó la curiosa costumbre de mirar a Loba Gris cuando se detenían para escuchar o para olfatear el aire.

Después de la partida de Juana, Kazán llevó a su compañera al espeso bosquecillo de abetos inmediato al río, y allí permanecieron hasta los primeros días del verano. Kazán iba a diario a la cabaña. Al principio acudía allí esperando hallar algún indicio de que el lugar no estaba deshabitado, pero no lo halló. Nunca vio la puerta abierta, y jamás se elevaba de la chimenea la más leve espiral de humo. Sobre el sendero que conducía a la puerta comenzó a crecer la hierba, y el olor de los seres que amara se hacía cada día más débil para su olfato.

La cabaña era un lugar adonde Loba Gris no quiso nunca acompañar a Kazán. En cambio, cuando se trataba de ir a otros sitios siempre estaba junto a él. Y ahora, que ya se había acostumbrado a su ceguera, incluso lo acompañaba cuando iba de caza hasta que descubría alguna pieza y empezaba la persecución. Entonces lo esperaba. Cada día se hacían más inseparables, de modo que, en aquellos solitarios parajes, sus huellas quedaban impresas siempre juntas y nunca solas.

Y entonces se produjo el gran incendio.

Loba Gris lo husmeó cuando estaba aún a dos jornadas de distancia hacia el oeste. Esa tarde el sol se veía envuelto en una nube lúgubre, y la luna, rojiza.

Al día siguiente, Loba Gris amaneció nerviosa y hacia el mediodía Kazán advirtió en el aire el aviso que ella diera muchas horas antes. El olor era cada vez más fuerte y, a media tarde, el sol estaba casi oculto tras una nube de humo.

En otras circunstancias, habría empezado ya la fuga de los animales desde el triángulo que formaba el bosque entre dos ríos, pero cambió el viento y los animales se engañaron. Cuando nuevamente volvió a soplar hacia el este y quisieron huir, el fuego los había rodeado por todas partes.

Entonces nuevamente cambió el viento y el fuego se corrió hacia el norte, de manera que el triángulo se convirtió en una trampa mortal. Durante toda la noche el cielo del sur estuvo cubierto de una nube de fantástico esplendor y por la mañana el calor, el humo y las cenizas hacían el aire irrespirable.

Presa del pánico, Kazán buscó en vano el modo de escapar, pero ni por un instante abandonó a Loba Gris. Fácil le hubiera sido huir nadando por cualquiera de los dos ríos, pero Loba Gris retrocedía asustada en cuanto el agua tocaba sus patas delanteras. Como todos los de su raza, prefería afrontar el fuego y la muerte antes que el agua. Kazán la instaba y más de una docena de veces saltó al agua y nadó en la corriente, pero Loba Gris no quería seguir adelante cuando perdía pie.

Mojado, jadeante y casi sofocado por el calor y el humo, Kazán se puso al lado de la loba. No había más que un refugio cerca de ellos y era un banco de arena del río, que se adentraba en la corriente en unos cuantos metros. Apresuradamente llevó a su ciega compañera, y cuando pasaban a través del matorral, en su camino hacia el lecho del río, algo los hizo detenerse. A ellos llegaba el olor de un enemigo más temible que el mismo fuego. Un lince había tomado posesión del banco de arena y estaba echado en su extremo. Tres puercos espinos se habían arrastrado también al borde del agua y allí estaban semejando tres bolas, con las espinas enhiestas y temblorosas. Un gato silvestre gruñía al lince, y éste, con las orejas inclinadas hacia atrás, observaba a Kazán y a Loba Gris cuando empezaron a invadir el banco de arena.

Loba Gris deseaba pelear y, acercándose más a Kazán, hasta tocar su lomo, enseñó los dientes. De un mordisco, encolerizado, Kazán la hizo retroceder y ella se quedó temblando y gimiendo mientras él avanzaba. Kazán se adelantó con las orejas inclinadas, aunque sin manifestar en su actitud la más pequeña amenaza. Era el modo de atacar de los perros de trineo adiestrados en la pelea y en el arte de matar. Un hombre civilizado, al ver a Kazán, se habría figurado que se acercaba al lince con intenciones amistosas, pero el felino no se dejó engañar.

El instinto advirtió al gato silvestre lo que iba a ocurrir y se acurrucó en el suelo cuanto le fue posible; los puercos espinos, gritando como niños, irguieron aún más sus púas al advertir la presencia de los enemigos y sentir la proximidad del fuego. El lince estaba echado sobre el vientre, temblando de impaciencia y dispuesto a dar el salto. Los pies de Kazán parecían no tocar el suelo de arena cuando daba vueltas en torno al lince, que giraba también sin perder de vista a su enemigo, gruñendo furioso al perro.

El primero en dar el salto fue el lince.

El perro no hizo esfuerzo alguno por evitar el ataque, sino que resistió el salto del lince con la fuerza de su lomo, como hace el husky en el combate. Pesaba algo más que el lince, y por un momento el enorme y agilísimo gato, con sus veinte garras semejantes a cuchillos, chocó contra su costado. Como un rayo Kazán aprovechó el momento y se lanzó con todo su peso al cuello de su atacante.

En aquel preciso instante Loba Gris saltó al lugar de la lucha dando un grito de cólera y, situándose bajo el vientre de Kazán, logro cerrar sus mandíbulas sobre una de las patas traseras del lince y el hueso se rompió con un crujido. Este, dominado por enemigos que duplicaban su peso, saltó hacia atrás, arrastrando no solamente a Kazán, sino también a Loba Gris. Cayó sobre uno de los puercos espinos, clavándose por lo menos un centenar de púas. Dio otro salto y quedó libre para huir hacia la columna de humo. Kazán no lo persiguió, y Loba Gris se acercó a su macho y le lamió el cuello, en donde manaba la sangre que manchaba su espeso pelaje. El gato silvestre estaba quieto, como muerto, observando a la pareja con sus vivos ojuelos negros. Los puercos espinos continuaban gritando, como si pidieran gracia.

Entonces una gruesa columna de humo se arrastró por encima del banco de arena y con él llegó una ráfaga de aire que quemaba, cargado de cenizas y de chispas; Kazán y Loba Gris, con los hocicos ocultos bajo sus cuerpos, se echaron y enroscaron allí. Transcurrió mucho tiempo antes de que Kazán y Loba Gris pudieran sacar las cabezas y respirar con mayor libertad. Entonces comprendieron que el banco de arena que se internaba en el río los había salvado. Por todas partes, a excepción de aquel lugar, el mundo se había vuelto negro y no se podía caminar; el suelo aún ardía.

El humo se disipó, el viento volvió a cambiar, acarreando aire fresco y respirable del oeste y del norte. El gato silvestre fue el primero en regresar a la región devastada por el fuego. Los puercos espinos estaban todavía hechos bolas cuando Kazán y Loba Gris dejaron el banco de arena. Caminaron río arriba, y antes de caer la noche, sus patas se hallaban malheridas a causa de las cenizas ardientes y de las brasas que a pesar suyo pisaron.

La luna tenía un aspecto desusado y parecía cargada de malos presagios Atravesaba el cielo como un disco de sangre. Durante largas horas no se oyó siquiera la voz de un búho que diera la impresión de que todavía existía vida allí donde el día anterior hubiera un paraíso para los animales. Kazán comprendió que no habría nada que cazar y continuó viajando toda la noche. Al alba llegaron a un terreno pantanoso y estrecho que se extendía a lo largo del río. Unos castores habían construido allí un dique que permitió a Kazán y a Loba Gris cruzar el río en busca de la otra orilla, poblada de vegetación. Continuaron su camino hacia el oeste, hasta una región de ciénagas y bosques.

Por esos días, desde la factoría de Bahía Hudson, marchaba hacia el este un mestizo francés llamado Enrique Loti, el más famoso cazador de linces de toda la región. Aquél era el lugar ideal para los cazadores, pues los conejos se contaban allí por millones y, por lo tanto, abundaban también los linces. Enrique preparó su cabaña y luego regresó a la factoría para esperar que cayesen las primeras nieves, ocasión en que volvería con su trineo, los instrumentos, los víveres necesarios y las trampas que quería armar.

Al mismo tiempo, desde el sur, avanzaba en una canoa hacia el norte, y a pie si era necesario, un joven zoólogo de unos treinta años, que reunía material para una obra que iba a publicar y que titularía *La Razón de los Animales Salvajes.* Se llamaba Pablo Weyman y su intención era pasar una parte del invierno con Enrique Loti; su única arma era un cortaplumas.

Y mientras tanto Kazán y Loba Gris hallaron el refugio que buscaban en un terreno de pantanos, a unos diez kilómetros del lugar donde Loti había construido su cabaña.

Capítulo X

SIEMPRE JUNTOS

Corría el mes de enero cuando llegó Pablo Weyman a la cabaña. Loti estaba de mal humor.

—Es muy raro —le dijo—. He perdido siete linces ya cazados; los encontré destrozados como conejos devorados por los zorros. Ningún animal, ni siquiera el oso, ha atacado nunca a un lince cogido en una trampa. Es el primer caso que veo. Y los encuentro de tal manera destrozados que ya no me darán por ellos ni siquiera medio dólar en la factoría. ¡Siete! He perdido por lo menos doscientos dólares. Y los autores de esto son dos lobos. Dos, los conozco por sus huellas, siempre son dos. Siguen mis trampas y se comen los conejos que cojo. Dejan en paz a los gatos silvestres, los armiños y las martas, pero los malditos me destrozan todos los linces que encuentran. Les he puesto cebos envenenados con estricnina, he preparado trampas y cepos, pero no caen. Y me obligarán a alejarme de aquí si no los cojo antes, porque solamente he logrado doce linces y me han destrozado siete de ellos.

El caso despertó el interés de Weyman. Era de los que creían que el egoísmo humano ciega al hombre con respecto a muchas de las maravillas de la creación. Había arrojado el guante a los que sostenían que el hombre era el único ser dotado de razón, y que el sentido común y la habilidad, manifestados por los animales, no merecían más que el nombre de instinto; y había logrado muchos partidarios. Como advirtiera en el relato de Loti algo interesante, prolongó la conversación acerca de los dos extraños lobos hasta más allá de la medianoche.

—Hay un lobo grande y otro más chico —dijo Loti—; siempre es el mayor el que pelea y destroza a los linces. Mientras él pelea, el lobo más pequeño espera alejado del combate, y cuando el lince ha caído, vencido o muerto, acude para ayudar a destrozarlo. Todo eso lo he averiguado por las huellas en la nieve. Una vez vi donde el más pequeño intervino en la lucha, y la sangre que quedó en el suelo no era del lince. Y por las huellas de esa sangre seguí a los dos pillos por espacio de tres kilómetros.

Durante las dos semanas siguientes Weyman pudo reunir muchos materiales para el libro que preparaba. No pasaba un día sin que Loti descubriera huellas de los dos lobos a lo largo de su línea de trampas y Weyman también pudo observar que las huellas estaban siempre juntas. Al tercer día llegaron a una trampa en la que había caído un lince y al ver lo que quedaba de él, Loti se enfureció.

Weyman observó que el lobo más pequeño había aguardado sentado a que el otro hubiese matado al lince, pero no dijo a Loti todo lo que pensaba. Y pasados unos días se convenció de que había encontrado la mejor demostración de su teoría. Detrás del misterio había sin duda una razón.

¿Por que los dos lobos destruían solamente a los linces y respetaban a los demás animales? Weyman se fascinó con el caso. Era un enamorado de los animales

salvajes y por eso nunca llevaba arma alguna. Se estremeció al ver que Loti ponía los cebos envenenados para los
enemigos de los linces, pero, cuando pasaban los días sin
que los dos se dejaran atrapar, se alegró, pues sentía la
mayor simpatía hacia aquellos extraños animales que no
dejaban de dar batalla al lince. Por la noche, en la cabaña, escribía en un cuaderno sus reflexiones y descubrimientos. Y una vez se volvió hacia su compañero para
preguntarle:

—¿No ha sentido usted nunca compasión hacia los
pobres animales que mata?

—Los he matado a millares —contestó Loti sorpren-
dido por la pregunta—. Y pienso seguir haciéndolo.

—Hay por lo menos veinte mil cazadores como usted —continuó Weyman—, y eso ocurre desde hace varios siglos. Sin embargo, no han podido exterminar la
vida salvaje. Podría llamarse la guerra entre el hombre y
la bestia. Y si naciera usted dentro de quinientos años, no
hay duda que encontraría aún vida en estas regiones. Casi
todo el resto del mundo está cambiando, pero nadie puede alterar estos miles y miles de kilómetros de impenetra-
bles extensiones de montes, pantanos y bosques. Los fe-
rrocarriles nunca entrarán aquí y por ello doy gracias a
Dios. En cambio, en las grandes praderas del oeste la
situación es diferente.

«Hace años solía ir yo allá para cazar coyotes y alces.
Había una cabaña, y yo me alojaba en ella. En aquella
cabaña vivía una niña de doce años y los dos salíamos a
cazar juntos. Yo mataba a cuanto animal se me ponía a
tiro y ella lloraba al ver mi crueldad. Eso me hacía reír.

«En la primavera próxima va a casarse conmigo. Por
su causa, cuando ella tenía diecisiete años, dejé de matar
y de cazar. El último animal que maté fue un coyote y
éste tenía un pequeñuelo. Ella lo crió y lo conserva aman-

sado y domado. Por eso, por encima de los demás animales salvajes, quiero a los lobos y deseo que esos dos no caigan en las trampas que usted les ha preparado.

Enrique lo miraba extrañado.

—Mi esposa murió hace tres años —dijo—. La pobre también quería a los animales... pero esos condenados lobos me obligarán a marcharme si no puedo acabar con ellos.

Dicho esto, echó combustible a la estufa y se fue a dormir.

Un día Loti tuvo una gran idea. Weyman lo acompañaba cuando descubrieron señales recientes del paso de unos linces. Había cerca unos cuantos árboles derribados por el viento y estaban amontonados de manera que formaban una especie de caverna.

—Creo que esta vez los cogeremos —exclamó contento.

Construyó la trampa, colocó cebos y en sus ojos brilló la astucia.

Entonces explicó a Weyman su proyecto. Si caía el lince y venían los dos lobos a destruirlo, la lucha se llevaría a cabo en el recinto formado por los árboles, de manera que los merodeadores no tendrían más remedio que pasar por la entrada. Allí Loti puso otras cinco trampas más pequeñas escondiéndolas hábilmente entre la hojarasca, el musgo y la nieve, y a bastante distancia de la trampa destinada al lince, para que no pudieran destrozarse unos a otros después de ser cogidos.

—Esta vez los atraparé; estoy seguro —dijo.

Aquella misma mañana cayó una ligera nevada que completó el trabajo, al cubrir las huellas y hacer desaparecer el olor del hombre.

Al caer la noche Kazán y Loba Gris pasaron a menos de treinta metros de la trampa que se les había preparado, y la loba, con su fino olfato, descubrió algo intranquilizador. Informó de ello a Kazán y torcieron en ángulo recto, siguiendo la dirección del viento hacia la línea de trampas.

Durante tres frías y claras noches nada ocurrió. Loti lo comprendió y se lo explicó a Weyman. El lince era un cazador, como él mismo, que tenía su terreno de caza propio y lo recorría aproximadamente una vez por semana. A la quinta noche volvió el lince, fue hacia la trampa, y los afilados dientes de acero del artefacto se cerraron sobre su pata trasera derecha. Kazán y Loba Gris estaban a alguna distancia del bosque cuando oyeron el forcejeo del lince, tratando de liberarse.

La noche estaba clara con las estrellas, tanto que se habría podido cazar sin luz. El lince había agotado sus fuerzas y estaba echado sobre el vientre cuando llegaron Kazán y Loba Gris. Como de costumbre, ésta se quedó atrás, mientras su compañero iniciaba la pelea. Las dos primeras veces que combatió con linces, Kazán habría perecido con el vientre abierto o la yugular cercenada, de haber estado los enemigos en libertad; en lucha abierta no habría sobrevivido, a pesar de su peso. El azar lo salvó en la lucha de la Roca del Sol, y Loba Gris y el puerco espín contribuyeron en la derrota del que atacara en el banco de arena. A los que combatió más tarde pudo vencerlos gracias a la trampa en que se hallaban atrapados, y aún así a veces corría verdadero peligro. Pero aquella vez se acercó más confiado que nunca.

El lince era un viejo luchador de unos siete años de edad. Sus garras estaban encorvadas como cimitarras. Tenía libres las patas delanteras y la izquierda posterior, y cuando avanzaba Kazán, él retrocedía todo lo que le permitía la cadena. Allí Kazán no pudo seguir su acostumbrada táctica de dar vueltas en torno a su presa enemiga hasta que quedaba enredada en la cadena. Era preciso atacar cara a cara, y de improviso saltó. Chocaron ambos dos cuerpos y los dientes de Kazán buscaron el cuello del otro, pero no lo encontraron, y antes de que pudiera repetir el ataque, el lince adelantó su pata trasera libre, y hasta Loba Gris oyó el ruido que hacía al desgarrar la carne de Kazán. Este retrocedió aullando, con el lomo herido hasta el hueso.

Entonces fue cuando una de las trampas ocultas de Loti salvó a Kazán de un segundo ataque y de la muerte segura. Las mandíbulas de acero se cerraron sobre una de sus patas anteriores y cuando él saltó, la cadena detuvo su impulso. Loba Gris acudió al advertir que Kazán corría peligro y, olvidando toda precaución por el grito de dolor de su macho, entró y cayó en dos de las cinco trampas de Loti. Comenzó a lanzar rugidos rabiosos en tanto Kazán, debatiéndose, activó las dos trampas restantes. Una falló, pero la otra cogió al perro por una pata posterior.

Hasta la mañana siguiente, el perro, la loba y el lince no cesaron de luchar por recobrar su libertad y derrengados, llenos de lodo, jadeantes y ensangrentados, esperaron la llegada del hombre... de la muerte.

Loti y Weyman salieron muy temprano. Al llegar a la línea de trampas descubrieron las huellas de los dos lobos y el cazador se puso muy contento. Al hallarse ante el abrigo formado por los troncos, ambos quedaron mudos de asombro por el espectáculo que se les ofrecía: dos lobos y un lince caídos en las trampas y a tan corta distancia unos de otros que casi habrían podido morderse. Pero la sorpresa no tuvo mucho tiempo inactivo al cazador. Los lobos era lo que más cerca tenía y levantaba ya el rifle para atravesar de un balazo la cabeza de Kazán, cuando Weyman le cogió rápidamente el arma. Este último tenía los ojos muy abiertos por el asombro, pues había descubierto el collar que Kazán llevaba.

—¡Espere, Loti! —gritó—. ¡No es un lobo! ¡Es un perro!

Loti bajó el arma y miró también el collar, mientras Weyman fijaba los ojos en Loba Gris, que tenía vuelta la cabeza hacia ellos y les gruñía. Sus ciegos ojos estaban cerrados y en las órbitas crecía el pelo.

—¡Mire! —exclamó entonces Weyman.

—Uno es perro —dijo Loti—, un perro salvaje que se juntó a los lobos. Y el otro es lobo.

—¡Y ciego! No los mate, Enrique —dijo el zoólogo—. Démelos vivos. Calcule el valor de los linces que le han destrozado y añada el valor del lobo; se lo pagaré. Vivos tienen para mí mucho más valor. ¡Dios mío! ¡Un perro y un lobo ciego... compañeros!

Todavía sostenía el rifle de Loti, quien lo miraba sin acabar de comprender.

Weyman seguía hablando muy excitado:

—¡Un perro y un lobo ciego... compañeros! —repitió—. Es maravilloso. No tire, le digo. Cuando aparezca mi libro, este hecho asombrará al mundo. Voy a tomar veinte fotografías aquí mismo antes de que mate al lince, y le daré a usted cien dólares por cada uno. ¿Le conviene?

Loti hizo una señal afirmativa. Rugidos y exhibición de dientes contestaron a los chasquidos de la cámara, no sólo por parte de la loba, sino también del lince. En cuanto a Kazán, estaba atemorizado. Cuando hubo terminado, Weyman se acercó a él y le habló con bondad.

El cazador mató al lince de un disparo, y cuando Kazán se dio cuenta de ello, tiró fuertemente de la cadena que lo retenía y gruñó al caído cuerpo de su enemigo. Por medio de un palo largo y de una correa, fue sacado de allí y llevado a la cabaña de Loti. Luego volvieron con un saco y más correas y así pudieron inmovilizar a la ciega Loba Gris. Aquel día lo emplearon ambos hombres en construir una fuerte jaula de ramas y cuando estuvo terminada encerraron en ella a los dos animales.

Antes de encerrar al perro y a la loba, Weyman examinó atentamente el estropeado collar que llevaba. En la placa de cobre vio grabada la palabra Kazán y anotó cuidadosamente este hecho en su cuaderno. Al segundo día, Weyman se aventuró a pasar la mano por entre los barrotes de la jaula y tocar a Kazán; éste aceptó un trozo de carne cruda de su mano. Pero Loba Gris no toleraba que el hombre se le acercara y se acurrucaba en un extremo de la jaula. El instinto atávico de centenares de generaciones le aseguraba que los hombres eran los más terribles enemigos de su raza. Y, sin embargo, advirtió que aquel hombre no le hacía ningún daño y que el mismo Kazán no manifestaba temor alguno de él. Al principio estuvo asustada; luego el miedo cedió, para ser sustituido por el asombro, y finalmente sintió enorme curiosidad. Al tercer día sacaba el hocico por entre los barrotes de la jaula y husmeaba cuando Weyman se acercaba para alimentar a Kazán. Pero no quería comer a pesar que Weyman guardaba para ella los bocados más exquisitos. Pasaron siete días y Loba Gris no probó alimento; estaba tan flaca que podían contarse sus costillas a simple vista.

—Se muere —dijo Loti a Weyman la séptima noche—. Mientras esté en esa jaula no comerá. Necesita el bosque, la caza y la sangre fresca.

Loti se acostó a la hora acostumbrada, pero Weyman estaba intranquilo y permaneció levantado hasta muy tarde.

De pronto se levantó, abrió la puerta sin hacer ruido y salió. El cielo estaba lleno de estrellas y, a su luz,

Weyman pudo ver la jaula. Llegó a sus oídos un ruido. Era Loba Gris que roía los barrotes de madera de su cárcel. Un momento después percibió un gemido suave y quejumbroso y comprendió que era Kazán que lloraba su libertad perdida.

Junto a la pared de la cabaña había un hacha, que Weyman cogió sonriendo. Se sentía muy feliz y pensó que a mil kilómetros de distancia otra alma se regocijaría al mismo tiempo que la suya. Se acercó a la jaula y de unos pocos hachazos rompió los barrotes. Luego se retiró. Loba Gris fue la primera en encontrar la abertura; salió al exterior sin hacer ruido, como una sombra, pero no huyó; se quedó esperando a Kazán, el cual no tardó en salir. Por unos momentos estuvieron ambos mirando la cabaña y luego partieron hacia la libertad, apoyándose Loba Gris en el flanco de su compañero.

Weyman respiró profundamente.

—Siempre juntos, hasta que la muerte los separe.

Capítulo XI

LA MUERTE ROJA

Mientras Kazán y Loba Gris se encaminaron en dirección al norte, hacia la región de Fond du Lac, un mensajero llegó a la factoría desde el sur con las primeras noticias de la terrible plaga, la viruela, hasta que por todas partes se supo que la Muerte Roja se acercaba cada vez más. El miedo se apoderó de todos. Veinte años antes habían llegado del sur estos mismos rumores y tras ellos se presentó la Muerte Roja. Aún se recordaba el horror de esa epidemia, y de ella quedaron pruebas palpables en las mil tumbas sin nombre que todo el mundo evitaba, dando un rodeo.

De vez en cuando, en sus correrías, Kazán y Loba Gris encontraban alguno de los montoncitos de tierra que cubrían a los muertos. El instinto —algo infinitamente más sutil que la comprensión humana— les hizo sentir la presencia de la muerte a su alrededor y tal vez llegaron a husmearla en el aire. La sangre salvaje de Loba Gris y hasta su misma ceguera le daban inmensa ventaja sobre su compañero en advertir estos misterios en el aire y en la tierra, y fue la primera en descubrir la peste.

Ahora el viento llevaba hasta ellos el acre olor del humo. En la llanura que tenían debajo ardía una cabaña, mientras por el bosque inmediato desaparecía en aquel momento un trineo arrastrado por perros y un hombre. Kazán gruñó y Loba Gris estaba tan inmóvil como una roca. En la cabaña se quemaba también un ser humano muerto a causa de la peste. Aquélla era la ley del norte y ellos lo comprendían. No aullaron, sino que se encaminaron a la llanura, atravesándola hasta hundirse en un abrigado terreno pantanoso situado a quince kilómetros hacia el norte.

Se sucedieron los días y las semanas del invierno de 1910, el más terrible en la historia de las tierras del norte. Transcurrió un mes, en que tanto la vida de los animales como la de los hombres estuvieron en peligro, y en que el frío, el hambre y la peste escribieron una dramática página en las vidas de los habitantes de la región, página que no olvidarían ni ellos ni las generaciones posteriores. La peste exterminó a tribus enteras de indios, y tampoco respetó a los cazadores y empleados de las factorías al oeste de la Bahía Hudson.

En el terreno pantanoso, Kazán y Loba Gris hallaron refugio entre unos troncos caídos, cuya disposición casual les ofrecía un abrigo bastante cómodo contra el viento y la nieve. Inmediatamente Loba Gris tomó posesión de él, y echándose sobre el vientre, jadeó para demostrar a Kazán su satisfacción. Este tuvo la visión, irreal y como de sueño, de la maravillosa noche en que a la luz de las estrellas, hacía muchísimo tiempo, peleara con el jefe de la manada de lobos y la joven Loba Gris acudiera a su lado, entregándosele por hembra y compañera. Pero ahora ya no vivían de la caza de grandes piezas como antaño, sino que se alimentaban tan sólo de conejos y perdices a causa de la ceguera de Loba Gris; Kazán podía cazar él solo estos pequeños animales. En cuanto a Loba

Gris, ya no se quejaba ni se frotaba las cuencas vacías con las patas delanteras, ni gemía en añoranza de la luz del sol, la luna o las estrellas. Paulatinamente había ido olvidando de que alguna vez las viera. Pero ya podía correr veloz al lado de Kazán. Era capaz de olfatear la presencia de un reno a tres kilómetros de distancia y al hombre lo descubría desde más lejos aún. En una noche tranquila podía oír el ruido que hacía la trucha al saltar en el agua a ochocientos metros. Y a medida que estos sentidos se desarrollaban más en ella, se embotaban en Kazán, que dependía de su compañera. Ella le indicaba el escondrijo de una perdiz a cincuenta metros del lugar en que se hallaban, y en las cacerías llegó a ser su guía hasta encontrar la presa. Kazán aprendió a depender de ella y hacía caso de todos sus avisos.

Si Loba Gris hubiera podido razonar, sin duda habría pensado que sin Kazán moriría irremisiblemente. Muchas veces trató de apoderarse de una perdiz o de un conejo sin conseguirlo. Kazán era para ella sinónimo de vida. Y lo poco de razón que hubiera en la loba le decía que debía hacerse indispensable a su compañero. Por esta razón fue menos feroz y se convirtió en la hembra de Kazán no para una estación, sino para siempre. Tenía la costumbre de permanecer pegada a él y cuando estaban echados, su hermosa cabeza reposaba sobre el cuello o la espalda de su compañero. Con su cálida lengua lamía el hielo que quedaba pegado entre los dedos del perro, y si él se lastimaba, no dejaba de lamerle las heridas. Sentíanse felices en el retiro allí elegido. En las lejanas llanuras y en las áridas montañas oían el aullido de la manada de lobos, que iba de caza, pero ya no sentían el deseo de unirse a sus hermanos de raza.

Un día se alejaron hacia el oeste más de lo acostumbrado. Salieron del terreno pantanoso y cruzaron la llanu-

ra, devastada el año anterior por el fuego. Luego transpu-
sieron una colina y bajaron a una segunda llanura. Al
llegar a ella, Loba Gris se detuvo y olfateó el aire. Durante
varios minutos permanecieron sin moverse. A cierta distancia había un macizo de arbolillos y casi al lado hallaron una tienda estropeada por las nevadas. Estaba aban-
donada. Se asomaron y vieron que en medio del recinto y
sobre los tizones apagados de una hoguera, había una
manta destrozada que envolvía el cadáver de un niño
indio. Se marcharon con las orejas gachas y las colas
caídas y no se detuvieron hasta llegar a su guarida. Y aun
allí, Loba Gris husmeaba el horror de la plaga. Temblando
se echó junto a Kazán.

Aquella noche hizo un frío terrible. Dentro de su
guarida tanto Kazán como Loba Gris, arrimado uno al
otro, lo sentían con gran intensidad. Por la mañana, Kazán y su ciega compañera salieron a la luz del día. El frío
seguía siendo intenso. A su alrededor escuchaban los
chasquidos de los árboles que se quebraban por la acción
del frío; parecían disparos de pistolas. En lo más espeso
del ramaje se acurrucaban las perdices, semejando bolas
de pluma. Los conejos se habían enterrado en la nieve o
guarecido bajo troncos o matorrales. Kazán y Loba Gris
encontraron pocas huellas recientes y después de una
hora de inútiles esfuerzos por cazar algo, volvieron a su
guarida. Kazán había enterrado la mitad de un conejo dos
o tres días antes, y pudieron comer su carne congelada. El
frío no cedió en todo el día. Durante la noche no hubo
nubes y el cielo brilló iluminado por la luna y las estrellas. En noches como aquélla ningún animal caía en las
trampas. Al día siguiente Kazán salió a cazar, dejando a
Loba Gris en la guarida. El hecho de que por las venas de
Kazán corriese también sangre de perro hacía que el
alimento le fuera más necesario que a Loba Gris, pues la

naturaleza ha dotado a los lobos con una resistencia al hambre que les permite vivir sin comer cerca de quince días. Desde aquel resto de conejo congelado habían transcurrido treinta horas sin alimento y ella no sentía necesidad alguna de alejarse de su retiro. En cambio, Kazán estaba hambriento. Se echó a correr en dirección a la llanura incendiada. Buscó en vano durante horas alguna presa y volvió junto a Loba Gris derrotado y exhausto.

Por la noche salió nuevamente. Invitó varias veces a Loba Gris a que lo acompañara, pero ella agachó las orejas y se negó a moverse. La temperatura seguía descendiendo y empezó a soplar el viento del norte de tal manera, que un hombre expuesto a aquel clima no habría podido vivir más de una hora. A medianoche regresó Kazán a la guarida. A intervalos el viento redoblaba su violencia. Eran los primeros avisos del temporal que se acercaba desde las grandes extensiones estériles entre las últimas líneas del bosque y el Ártico. Por la mañana, la tempestad desarrolló toda su furia y Loba Gris y Kazán permanecieron juntos y temblando de frío dentro de la guarida. Una vez, Kazán sacó parte del cuerpo afuera, pero la tormenta lo obligó a entrar apresuradamente.

Todo ser viviente había buscado abrigo de acuerdo con sus peculiares costumbres. Los animales de pelaje largo, como la marta y el armiño, estaban a salvo, porque pertenecían al grupo de los que durante los días de abundancia guardaban carne escondida. Los lobos y los zorros habían buscado refugio entre las rocas o junto a algunos troncos de árboles. Los animales alados se abrigaban bajo la nieve o entre las espesas ramas de los abetos. Sólo los búhos, que tenían poco cuerpo y una enorme cantidad de plumas, permanecían a la intemperie. En cuanto a los rumiantes, la tormenta les ocasionaba serios peligros. Lo único que podían hacer era echarse y dejar que la nieve los cubriera con su manto protector. Pero les era preciso comer. Cada diez horas, el alce necesitaba alimentarse para conservar la vida. Su enorme estómago exige grandes cantidades y ha de emplear casi un día entero para mordisquear en los setos la cantidad de comida que necesita.

La tormenta duró tres días, cubriendo la tierra con una capa de sesenta centímetros de espesor.

Kazán y Loba Gris salieron de su refugio. Ya no hacía viento ni nevaba. El mundo entero estaba cubierto de ese manto purísimo y el frío era muy intenso.

La plaga había diezmado a los hombres. Y ahora llegaban días de hambre y de muerte para los animales.

Capítulo XII

LA SENDA DEL HAMBRE

Kazán y Loba Gris habían pasado ciento cuarenta horas sin comer. Mientras ella se debilitaba poco a poco, para Kazán eso significaba, sencillamente, la muerte por hambre. Seis días y seis noches de ayuno le habían marcado las costillas en la piel, tenía grandes hendiduras en sus flancos y los ojos enrojecidos. Aquella vez, cuando salió de su guarida, Loba Gris lo siguió. Ansiosos, a pesar del frío, empezaron a buscar caza por las cercanías de su refugio, lugar donde siempre habían abundado los conejos. Pero no descubrieron ninguna huella, ni siquiera su olor peculiar. Sólo pudieron divisar un búho de las nieves posado en una rama de abeto. Se encaminaron hacia la llanura devastada por el incendio del año anterior y volvieron atrás, registrando la parte opuesta del terreno pantanoso. Allí había una colina y, desde su cima, observaron el mundo que parecía desprovisto de toda manifestación de vida. Cada vez más hambrientos y más débiles, regresaron a su refugio. Igual cosa hicieron la noche siguiente y tampoco encontraron ser viviente alguno.

Fue entonces cuando el recuerdo de la cabaña llenó la mente de Kazán. La cabaña siempre representó para él dos cosas: calor y comida. Pero Loba Gris vigilaba alerta, olfateando el viento y levantaba la cabeza cuando Kazán se detenía para resoplar con fuerza por su helada nariz para quitarse las partículas de hielo. Por fin llegó el olor esperado. Kazán se precipitó a seguir su rastro, pero se detuvo al observar que Loba Gris no lo seguía. Toda la fuerza que aún le quedaba en su demacrado cuerpo se reveló en la rigidez de su gesto al mirar a su compañera. Las patas delanteras de ésta estaban plantadas firmemente hacia el este y su cuerpo entero temblaba.

Repentinamente oyeron un ruido que hizo gemir a Loba Gris al emprender la marcha hacia él, seguida por Kazán. El olor era cada vez más fuerte; no era el olor de una perdiz o de un conejo, sino de caza mayor. Se acercaron con cuidado siguiendo la dirección contraria al viento. El bosque se espesaba a medida que avanzaban y, de lejos, les llegó un ruido de cuernos que chocaban. Se encaramaron en una ligera prominencia y Kazán, ya sin fuerzas, se dejó caer al suelo. Loba Gris se echó a su lado, con los ciegos ojos vueltos a lo que podía olfatear, pero no ver.

Algo más adelante, en un claro, había algunos alces que buscaban alimento. Dejaron todos los árboles de su alrededor desprovistos de corteza hasta la altura que podían alcanzar. Dos machos luchaban, mientras tres hembras contemplaban el duelo mortal. Desde la aurora habían luchado ya tres veces y la nieve estaba teñida de sangre, cuyo olor llegó a Loba Gris y Kazán. Este husmeó hambriento; Loba Gris profería extraños sonidos y de vez en cuando se relamía.

Por un momento, los luchadores se separaron unos metros, con las cabezas bajas. El macho más viejo no había logrado aún la victoria, porque su contrario representaba la juventud y la resistencia. Aquél, ciertamente, tenía las ventajas de la experiencia, más peso y fuerza, y una cabeza provista de enormes astas que parecían un terrible ariete. Mas en su contra estaba la edad. Sus enormes flancos temblaban y sus narices estaban tan abiertas que resoplaban ruidosamente. Como si un invisible espíritu les diera la señal, ambos animales se precipitaron uno contra el otro. Al recibir el empuje de novecientos kilos de carne y huesos, el más joven retrocedió, pero la juventud se hizo valer, porque en un momento se puso nuevamente sobre sus cuatro patas y trabó de nuevo sus cuernos con los de su contrario, tratando de torcer el cuello del enorme macho. Kazán y Loba Gris oyeron el fuerte chasquido, como si alguien hubiera pisado y roto una rama seca.

Una de las astas del macho viejo se rompió con estrépito, y al cabo de un instante la punta del asta de su contrario se le clavó profundamente detrás de la pata delantera derecha. De inmediato el viejo perdió el coraje y, paso a paso, fue retrocediendo mientras el joven persistía en sus ataques. En cuanto llegó al extremo del claro, su enemigo se retiró y él aprovechó para internarse en el bosque. El vencedor no corrió tras él.

Kazán y Loba Gris, temblorosos, abandonaron el lugar en que se hallaban, pues no les interesaba en lo más mínimo el alce joven ni sus hembras. Desde su observatorio vieron carne, la carne del vencido. Kazán recobró como por encanto el instinto de los lobos de manada y deseó ardientemente probar la sangre que olía. Avanzaba con la boca abierta y de tal manera excitado que su propia sangre parecía fuego en sus venas.

A unos ochocientos metros del teatro de la lucha alcanzaron al alce, que se había refugiado bajo unos pinos. Estaba en pie sobre un charco de sangre, y jadeaba fatigado. Su maciza cabeza, que había perdido una de sus astas, estaba inclinada hacia el suelo. Pero aun así, debilitado por el hambre, exhaustas sus fuerzas por la lucha y la pérdida de sangre, una manada de lobos habría vacilado antes de iniciar el ataque. Pero Kazán no titubeó, sino que saltó con un furioso gruñido. El hambre que le roía las entrañas le quitaba toda prudencia y se lanzó al ataque cara a cara, mientras Loba Gris se arrastraba por detrás, sin ser vista, buscando en su ceguera la parte vulnerable que Kazán no sabría hallar, por no habérselo enseñado la naturaleza.

Kazán fue cogido por el cuerno ancho y palmeado del alce y se vio lanzado a alguna distancia, donde cayó medio aturdido. En el mismo instante los blancos y largos dientes de Loba Gris se clavaron en uno de los tendones de la corva del alce y aguantó sin soltar por espacio de medio minuto, mientras la víctima se esforzaba por liberarse. Kazán se apresuró a morder el otro tendón. No lo consiguió, y también Loba Gris se vio obligada a soltar su presa, pero ya había hecho bastante. Batido por uno de su raza y ahora atacado por enemigos más terribles, el alce comenzó a retroceder, arrastrando la pata derecha con el tendón destrozado.

Sin ver, Loba Gris parecía darse perfecta cuenta de lo que sucedía. Dos veces rechazado por el alce, Kazán ya no tenía deseos de atacar cara a cara. Siguió a Loba Gris, que iba tras el rumiante. El rastro de sangre formaba una cinta ininterrumpida.

Algunos minutos más tarde el perseguido se detuvo y presentó cara a sus enemigos, aunque con la cabeza baja. Ya no era el señor de la selva; no había en su actitud orgullo retador ni fulgor en sus ojos. Su respiración era jadeante y cada vez más ruidosa. Un cazador habría comprendido en seguida lo que eso significaba. La punta del cuerno del joven alce le había penetrado en un pulmón. Loba Gris, que había presenciado casos semejantes cuando cazaba con la manada, se dio cuenta de ello y, lentamente, comenzó a dar vueltas en torno del vencido monarca. Kazán la imitó, caminando a su lado.

Una vez, dos, treinta veces, describieron un círculo alrededor del alce, que también giraba ante ellos. Pero sus movimientos eran menos vivos. Al mediodía se hizo más intenso el frío. Kazán y Loba Gris continuaban dando vueltas.

La tragedia que se desarrollaba entonces se repetía quizá por milésima vez en aquellas regiones. Era un episodio más de esa existencia salvaje en que la misma vida significa luchar por sobrevivir. Matar. Y sólo lo consiguen los más fuertes.

Por fin, ese círculo de pesadilla se detuvo. El alce ya no se volvió. Loba Gris dio dos o tres vueltas más, en apariencia enterada de lo que sucedía. Y con Kazán, se alejó de la pista circular que trazaran en la nieve y se echó a esperar. El alce estuvo inmóvil durante varios minutos, y su cuarto trasero descendía cada vez más. Luego, exhalando un ronco suspiro, cayó al suelo. Kazán y Loba Gris, sin embargo, no se movieron y cuando volvieron a la pista circular, la cabeza del alce estaba ya inmóvil sobre la nieve. Nuevamente dieron vueltas describiendo círculos gradualmente más estrechos, hasta que se hallaron a pocos metros del moribundo rumiante, que trató de incorporarse sin conseguirlo. Loba Gris oyó como caía de nuevo su cabeza al suelo y súbitamente saltó en silencio sobre el vencido. Sus agudos dientes se clavaron en las narices del alce y Kazán saltó a su cuello. Aquella vez ya no fue repelido por los cuernos. La terrible presión de los dientes de Loba Gris le permitió rasgar la gruesa piel del vencido e hincar sus dientes hasta llegar a la yugular.

Para ellos habían pasado ya los días de hambre.

Capítulo XIII

EL DERECHO DE LOS DIENTES

La muerte del alce ocurrió justo a tiempo para salvar a Kazán, pues él no podía resistir el hambre tanto tiempo como su salvaje compañera. El largo ayuno, con temperaturas que oscilaban entre cuarenta y cincuenta grados bajo cero, lo había convertido en un esqueleto.

Una vez muerto el alce, se tendió exhausto junto a la nieve teñida de sangre, mientras la fiel Loba Gris, todavía animada por la resistencia propia de su raza, arrancaba con ferocidad la gruesa piel del cuello del alce para poner al descubierto la carne roja. Sin embargo, no comió, sino que corrió al lado de Kazán y gimió suavemente tocándolo con su hocico. Después comieron echados una junto al otro.

La pálida luz del día del norte se desvanecía rápidamente cuando se retiraron, ya calmada su hambre. Un viento débil moría con la tarde, y las nubes, que pocas horas antes cubrieran el cielo, se alejaban con lentitud hacia el este, mientras la luna brillaba clara en el firmamento. Durante una hora la noche se hizo más luminosa aún, porque al resplandor de las estrellas y de la luna se agregó el de la aurora boreal, que temblaba y relampagueaba en el Polo. Su sonido peculiar, semejante a un silbido suave o al sordo chasquido que producen los patines al deslizarse sobre el hielo, llegaba débilmente a los oídos de la pareja de lobos.

Apenas se habían separado un centenar de metros del alce, cuando el primer sonido de aquel extraño misterio del cielo del norte los hizo detenerse y escuchar recelosos. Agacharon las orejas y una vez más se acercaron a la carne que tenían a su disposición. El instinto les decía que les pertenecía por el derecho de los dientes; habían combatido por ella y la ley de la selva ordenaba que siguieran combatiendo para conservar su propiedad. En los buenos tiempos de caza se habrían ido a vagabundear, abandonando la presa, pero los largos días y noches de hambruna les habían enseñado lo que debían hacer.

En esa noche clara y tranquila, que sucedía a la epidemia y a la falta de alimento, miles de seres enflaquecidos y hambrientos salieron de sus refugios en busca de algo que comer. Kazán y Loba Gris sabían que no debían cesar su vigilancia. Se echaron junto al bosquecillo de abetos, y esperaron. Loba Gris acariciaba a Kazán tocándolo suavemente y cada gemido era un aviso que le daba. Luego husmeaba el aire y escuchaba.

De súbito todos los músculos de su cuerpo se tensaron. Algo vivo había pasado cerca de ellos, algo que no podían ver ni oír pero que adivinaban por el olfato. Volvió tan misterioso como una sombra, tan silencioso como un enorme copo de nieve; era un búho blanco. Kazán vio al ave hambrienta posarse sobre el lomo del alce, pero no le dio tiempo para más, porque como una exhalación partió hacia el intruso seguido de Loba Gris. Gruñó al ladrón, pero cuando quiso morderlo, el búho ya no estaba.

Casi había recobrado toda su fuerza. Trotó alrededor del alce, con los pelos erizados y los ojos muy abiertos y amenazadores. Sabía que el verdadero peligro vendría de la misma dirección de la sangre.

Los pequeños y ágiles armiños, parecidos a ratones blancos cuando los alumbra la luna, fueron los primeros en descubrir el rastro y con toda la ferocidad de su naturaleza, siempre sedienta de sangre, lo siguieron a saltitos, sumamente excitados. Un zorro descubrió el olor gracias a la buena dirección del viento, y se acercó. Luego un gato silvestre apareció a su vez y se detuvo, pisando la roja cinta de sangre.

Este fue el que obligó a Kazán a dejar el abrigo del abeto. A la luz de la luna hubo una lucha breve y se oyeron gruñidos, bufidos y después un grito de dolor; el gato olvidó su hambre en la fuga, mientras Kazán volvía al lado de Loba Gris con la nariz arañada. La loba lo lamió cariñosamente, en tanto que Kazán se mantenía rígido y alerta.

El zorro, advertido por el ruido de la lucha, no se acercó más, sino, por el contrario, huyó a toda velocidad. No era un animal luchador, sino un asesino que gusta de matar por la espalda. Poco después sorprendió al búho y devoró el cuarto kilo de carne que encontrara en la enorme masa de plumas.

Pero nada podía alejar a los blancos ladrones de la selva, los armiños. Kazán los persiguió con ferocidad, pero más parecían relámpagos que seres vivos. Se escondieron bajo el cuerpo del alce y comieron con toda tranquilidad mientras Kazán los buscaba y se llenaba las narices de nieve. Loba Gris se sentó a descansar, ya que los pequeños armiños no la preocupaban. Después de algún rato de inútil persecución, lo comprendió así también el perro y fue a echarse al lado de su compañera, fatigado por las carreras que acababa de dar.

Transcurrió gran parte de la noche sin que oyeran ningún otro ruido alarmante. Una vez, muy a lo lejos, sintieron el aullido de un lobo y de vez en cuando los búhos de las nieves protestaban por la falta de comida.

La luna brillaba sobre el cuerpo del alce cuando Loba Gris percibió el primer peligro verdadero. Al instante dio aviso a Kazán y fue a sentarse ante el rastro de sangre, con el cuerpo tembloroso y gruñendo con furia. Únicamente ante su más temible enemigo, el lince, daría ella tales avisos a Kazán. Este saltó dispuesto a la lucha, aun antes de husmear la presencia del hermoso felino gris.

Pero se detuvo bruscamente, porque hasta ellos llegó, desde no muy lejos, un fiero y largo aullido de lobo.

Aquél era en realidad el grito del verdadero amo de la selva. Era el aullido del hambre, que acelera la sangre del hombre por sus venas cuando lo oye, y que hace temblar a los rumiantes, pues para ellos es una amenaza de muerte que se difunde por la noche sembrando el terror.

Luego un silencio. Kazán y Loba Gris escucharon el grito y al oírlo se produjo en ellos una rápida transformación, porque no era aviso ni amenaza sino la llamada de la Hermandad del Lobo. Y para ellos, los lobos, mucho antes que para el lince, el zorro, el gato y los armiños, existía el derecho a la carne y a la sangre que era común; entre ellos imperaba el salvaje socialismo de la selva.

Loba Gris dio respuesta al aullido, profiriendo a su vez otro largo y triunfante, para indicar a sus hambrientos hermanos que allí, al final del rastro de sangre, los esperaba un festín.

El lince, que se encontró entre la manada y Loba Gris, huyó prudentemente por entre los árboles del bosque.

Capítulo XIV

EL DUELO A LA LUZ DE LAS ESTRELLAS

Kazán y Loba Gris esperaron sentados sobre sus ancas. Pasaron cinco minutos, diez, quince, y Loba Gris se sintió intranquila al no oír respuesta alguna a su llamada. Nuevamente aulló, mientras Kazán temblaba de impaciencia a su lado. Sólo escucharon el mortal silencio de la noche. Esto no estaba conforme con las costumbres de la manada y, convencida Loba Gris de que no se habían alejado más allá del alcance de su voz, sentía una gran extrañeza. De pronto ambos se dieron cuenta de que la manada o el lobo solitario cuyo aullido oyeran estaba muy cerca de ellos. El olor era muy pronunciado. Pocos momentos después, Kazán vio algo que se movía a la luz de la luna. Ese ser fue seguido por varios otros hasta que hubo cinco que se situaron en semicírculo, a unos sesenta metros. Luego se echaron sobre la nieve y se quedaron inmóviles.

Un gruñido hizo que Kazán volviera los ojos hacia su compañera, que se había retirado. Sus blancos dientes brillaban amenazadores y tenía las orejas gachas. Kazán no comprendía lo que pasaba. ¿Por qué le daría la voz de alarma cuando ante ellos tenían a los lobos y no a un lince? Paso a paso, avanzó Kazán hacia ellos. Loba Gris lo llamó con un gemido al advertir que se alejaba. Él no hizo caso, sino que continuó avanzando con la cabeza levantada y los pelos del lomo erizados.

En el olor que despedían los recién llegados había algo extrañamente familiar. Kazán se adelantó con rapidez y cuando se detuvo a pocos metros del grupo, movió ligeramente la cola. Uno de los animales se le acercó y los demás lo siguieron, de modo que en un momento Kazán se encontró en medio de ellos, oliéndolos, dejándose oler y moviendo amistosamente la cola. Eran perros y no lobos.

Con toda seguridad su amo había muerto en alguna solitaria cabaña y ellos huyeron al bosque. Todavía llevaban señales de las correas del trineo y sus cuellos estaban rodeados de collares de piel de alce. Tenían el pelo raído en los costados y uno aún arrastraba un metro de correa trenzada. Estaban flacos y famélicos. Al advertirlo, Kazán los guió hasta donde se encontraba el alce. Luego se sentó orgulloso al lado de Loba Gris a escuchar complacido el ruido de las mandíbulas al romper los huesos y mascar la carne con que la jauría se regalaba.

Loba Gris se acercó más a Kazán. Empujó su cuello con el hocico y él la acarició con la lengua, como perro que era, para tranquilizarla y darle la sensación de que todo iba bien. Ella se tendió en la nieve cuando los perros, después de comer, se acercaron para olerla y trabar más estrecho conocimiento con Kazán. Este se volvió hacia Loba Gris vigilante y, como advirtiera que el enorme perro de ojos enrojecidos que todavía arrastraba la correa del trineo la husmeaba por un espacio de tiempo demasiado largo, lanzó un salvaje grito de advertencia. El perro retrocedió y por un momento los dientes de ambos brillaron sobre la ciega cabeza de Loba Gris.

Aquel perro era el guía del trineo y si otro de sus
compañeros le hubiera gruñido como acababa de hacerlo
Kazán, le habría saltado inmediatamente al cuello. Pero
en Kazán, el fiero defensor de Loba Gris, reconoció a uno
que no·estaba sujeto a la servidumbre de los perros de
trineo. Era un jefe frente a otro y, por lo que se refiere a
Kazán, había más motivo aún porque era el macho de
Loba Gris. Un momento más y habría saltado por encima
del cuerpo de ella para pelear por su hembra. Pero el
enorme perro se volvió, y desahogó su rabia mordiendo a
uno de sus compañeros.

Aun sin verlo, Loba Gris comprendió perfectamente
lo ocurrido. Se acercó más a Kazán, pues adivinaba que
acababa de iniciarse un drama que siempre significaba
muerte; el desafío del derecho del macho.

Con gemidos y caricias trató de alejar a Kazán del
círculo dentro del cual se hallaba el alce, pero su respuesta
fue un gruñido que más parecía un rugido. Luego se echó
junto a Loba Gris, lamió su rostro y miró a los perros.

La luna descendía hacia el horizonte y al fin se
ocultó tras los bosques occidentales. Las estrellas palide-
cieron y una a una se borraron en el cielo al aparecer la
fría y gris aurora del norte. Entonces el enorme perro de
trineo se levantó del hueco que había hecho en la nieve y
volvió junto al alce. Kazán, vigilante, se puso de pie y se
situó al lado de su víctima. Los dos perros empezaron a
dar vueltas, con la mirada torva, las cabezas bajas y erizados los pelos del espinazo. El perro se alejó dos o tres
pasos y Kazán se echó junto al cuello del alce para
mordisquear la carne congelada, no porque tuviera hambre sino para demostrar su derecho de propiedad y para
desafiar al intruso.

Por espacio de algunos segundos olvidó a Loba Gris
y el otro los aprovechó para deslizarse como una sombra

junto a ella. Pero Loba Gris hundió sus brillantes y amenazadores colmillos en la espalda del husky.

Una estela gris, silenciosa y terrible, cruzó entonces
el espacio, a la débil luz del alba. Era Kazán. Llegó sin
proferir el más leve gruñido y, un momento después, él y
el husky se trenzaban en mortal batalla.

Los otros cuatro perros se acercaron en seguida y se
situaron a una decena de pasos de los combatientes. Loba
Gris gimió echada a poca distancia. Ni el perro gigante ni
Kazán peleaban de acuerdo con los métodos de los perros de trineo ni de los lobos, sino que la rabia y el odio
que sentían los hicieron luchar como perros mestizos.
Ambos habían hecho presa, y tan pronto estaba uno debajo como el otro, y cambiaban de posición con tal rapidez que los cuatro espectadores los contemplaban extra-
ñados e inmóviles.

El husky no había sido vencido nunca. Sus antepasados, magníficos daneses, le habían legado una gran cor-
pulencia y unas mandíbulas capaces de triturar una cabeza de perro. Pero Kazán tenía además la ventaja de haber
reposado unas cuantas horas y de tener el estómago lleno, sin contar con que combatía por Loba Gris. Sus dientes se hundieron profundamente en la espalda de su rival
y a su vez éste los clavó en la piel y carne de su cuello.
Kazán, que sabía que pronto llegarían a la yugular, trituró
la clavícula de su enemigo, evitando una respuesta que
habría sido terrible.

Por fin pudo desasirse y saltó hacia atrás. Su pecho
estaba ensangrentado pero no sentía el menor dolor. Los
luchadores empezaron a dar vueltas otra vez lentamente y
entonces los perros espectadores se acercaron uno o dos
pasos mientras sus mandíbulas se abrían, esperando ner-
viosos el momento fatal. Sus miradas estaban fijas en el
husky, que permanecía en el centro del círculo que des-

cribía Kazán. Tenía la espalda desgarrada y con las orejas gachas observaba los movimientos de su contrincante.

Las orejas de Kazán estaban erguidas y sus pies apenas se posaban en la nieve. Toda su habilidad de luchador y toda su prudencia volvieron a dirigir sus movimientos. La rabia ciega de los primeros momentos se había esfumado ya y peleaba ahora como si combatiera con su más mortal enemigo, el lince de largas garras. Cinco vueltas dio en torno al husky y luego, con la mayor rapidez y violencia, se arrojó contra la fracturada espalda del perro en un largo salto. El enorme perro cayó al suelo y dio una vuelta sobre sí mismo, lo que aprovecharon sus antiguos subordinados para arrojarse sobre él. Todo el odio que le tenían y que por espacio de semanas y meses habían disimulado, se concentró en ese momento, y en un abrir y cerrar de ojos lo destrozaron.

Kazán fue a sentarse victorioso al lado de Loba Gris, quien, con un alegre gemido, apoyó la cabeza sobre su cuello. Dos veces Kazán había luchado a muerte por ella y las dos veces había vencido. Y en su ceguera, el alma de Loba Gris —si tenía alguna— se llenó de gozo.

Capítulo XV

EL CARNAVAL DE LA SELVA

Siguieron algunos días de continuos festines gracias a la carne del alce, y en vano Loba Gris trató de llevarse a Kazán a los bosques y a las tierras pantanosas. Cada día subía un poco más la temperatura y la caza abundaba ya. Era el jefe de la jauría de perros de trineo, como lo fue de los lobos. No sólo lo seguía Loba Gris pegada a su costado, sino que tras él iban los cuatro perros. Una vez más experimentaba el triunfo y la emoción que casi había olvidado y solamente Loba Gris, en la eterna noche de su ceguera, tuvo el presentimiento del peligro al que podía llevarlo su nueva condición.

En Kazán, como jefe de manada, se estaba operando un extraño cambio. De haber sido lobos sus compañeros, Loba Gris no habría tenido dificultad alguna en atraerlo de nuevo a ella, pero Kazán estaba casi con los de su propia raza. Era perro y los demás también. Durante su vida en compañía de Loba Gris una sola cosa lo había entristecido a veces, aunque ella no sintiera tal tristeza, y esto era la soledad. La naturaleza lo había creado haciéndolo individuo de la raza que necesita la compañía no de uno sino de muchos. Y además lo hizo obediente a los mandatos de la voz humana. Había llegado a odiar al hombre, pero siempre se sentía parte de la raza canina. Como había sido feliz con Loba Gris, mucho más que en compañía de los hombres y de sus hermanos de raza, y hacía ya tanto tiempo que estaba alejado de la vida que a su calidad de perro correspondía, se había olvidado un tanto de ella.

El sol calentaba más y la nieve comenzó a fundirse. Habían pasado dos semanas después de la lucha junto al cadáver del alce. Gradualmente la jauría se había dirigido hacia el este hasta hallarse a setenta y cinco kilómetros en esta dirección y treinta al sur de la morada que Kazán y Loba Gris acababan de abandonar. Más que nunca la echaba de menos Loba Gris, y con las primeras promesas de la primavera en el ambiente, llegaron para ella, por segunda vez, las de la maternidad.

Pero sus esfuerzos por llevar a Kazán a su morada eran vanos y, a pesar de su protesta, él se alejaba cada día más hacia el sudoeste al frente de su jauría.

El instinto obligaba a los perros de trineo a tomar aquella dirección, pues llevaban poco tiempo en libertad como para olvidar la necesidad de estar sujetos al hombre, y en ese rumbo lo encontrarían. Porque allí, y no muy lejos, estaba la factoría en la cual tanto ellos como su difunto amo prestaban servicios. Kazán lo ignoraba por completo, pero un día ocurrió algo que le recordó cosas pasadas y suscitó en él deseos que lo apartaban cada vez más de Loba Gris.

Habían llegado a una altura en el camino cuando algo los obligó a detenerse. Era la voz de un hombre, gritando con fuerza aquellas palabras que tantas veces en otro tiempo acelerara la sangre por las venas de Kazán: «¡Cuz, cuz, cuz!». Vieron un tiro de seis perros que arrastraba un trineo mientras un hombre corría tras ellos.

Temblorosos e indecisos, los cuatro perros y el lobo no se movieron hasta que desaparecieron el hombre y el trineo y entonces echaron a andar tras la pista, husmeando la nieve y gimiendo muy excitados. Durante dos o tres kilómetros, tanto Kazán como sus compañeros siguieron al trineo. Loba Gris se quedó atrás; sentía el olor del hombre, que le producía escalofríos.

Sólo su amor por Kazán y la fe que aún tenía en él fueron capaces de obligarla a seguir.

Al extremo del terreno pantanoso se detuvo Kazán y luego se alejó de la pista que continuaba en la misma dirección. Con el deseo que crecía entonces en él, se acentuaba más el recelo que nada podía borrar por completo, recelo que era herencia de su sangre de lobo. Loba Gris gimió de alegría al ver a su compañero abandonar la pista del hombre y dirigirse hacia el bosque, y se acercó tanto a Kazán que los dos cuerpos semejaban uno solo cuando se alejaron juntos.

Hubo algunas ligeras nevadas todavía, pero eran las características del final del invierno, cuando ya se acerca la primavera. Estas nieves presagian el buen tiempo y el fin del aislamiento en la vida humana. Kazán y sus compañeros pronto empezaron a husmear la presencia y el movimiento de aquella vida.

Estaban entonces a cuarenta y cinco kilómetros de la factoría, dentro de la región que los cazadores recorrían con su provisión de pieles obtenida durante el invierno. Desde el este y desde el oeste, y de norte a sur multitud de pistas conducían a la factoría, de modo que la jauría de Kazán se vio cogida en la red de todas ellas. Durante una semana no transcurrió un solo día sin que encontraran huellas recientes de un trineo, y a veces hasta de dos o tres.

Loba Gris pasaba en un continuo sobresalto. A pesar de su ceguera, se daba cuenta de que estaban rodeados por la amenaza del hombre. En cuanto a Kazán, lo que pudiera suceder había cesado de infundirle temor y ni siquiera le hacía tomar precauciones. Aquella semana oyó los gritos de los hombres, y en una ocasión hasta llegó a él una risa humana y el ladrido de los perros cuando su amo les arrojaba la ración diaria de pescado. En el aire sentía el acre olor de las hogueras de los campamentos, y una noche, a mucha distancia, oyó un fragmento de canción seguida por los ladridos y aullidos de la jauría.

Lenta pero inexorablemente, el atractivo del hombre lo acercaba cada vez más a la factoría. Y Loba Gris, luchando hasta el último, sintió en el aire lleno de peligros la proximidad de la hora en que él acudiría a la llamada final, y la dejaría sola.

Aquellos días eran de gran excitación y actividad en el campamento; días en que se amontonaban tesoros de pieles que se mandarían más tarde a París, a Londres y a las demás capitales de Europa. Y ese año, en la reunión de la gente de los bosques, había un interés mayor que en los anteriores. La epidemia había hecho estragos y hasta que todos los cazadores de pieles estuvieran presentes, no se sabría quiénes habían sobrevivido y quiénes habían muerto.

Llegaron los cazadores de las tierras estériles del oeste, con sus cargamentos de pieles de reno y de zorro blanco. Traían un verdadero ejército de perros de largas patas y enormes pies, que tiraban de los trineos como caballos y aullaban como cachorros azotados cuando los atacaban los perros esquimales y los de verdadera raza de trineo. Manadas de fieros perros de la raza de los labradores se encontraron con varios tiros de perros esquimales amarillos y grises, tan rápidos de quijadas como sus amos lo eran de manos y pies.

Y aquí y allá peleaban aquellos perros feroces, mordiéndose, gruñendo, dando alaridos y aullando con el deseo de matar que tan arraigado estaba en ellos a causa de su descendencia, en mayor o menor grado, de los lobos. Desde que los primeros perros llegaron, se entabló la pelea. Nunca cesaba la lucha entre ellos y en contra de los hombres.

Aquel año, para olvidarse de la epidemia y de la muerte, el dueño de la factoría hizo extraordinarios esfuerzos en la organización del gran carnaval. Sus cazadores mataron cuatro grandes renos. En el claro del bosque se habían amontonado numerosos troncos secos y en el centro se erguían ocho troncos de tres metros de alto que formaban cuatro horcas, de cada una de las cuales colgaba el cuerpo entero de un reno para asarlo con la leña amontonada debajo. Al oscurecer se encendieron las hogueras y la gente empezó a cantar.

El coro de voces humanas llegó a los oídos de Kazán, de Loba Gris y de los perros sin amo, que estaban a tres kilómetros del campamento; oyeron también los excitados aullidos de los animales. Los compañeros de Kazán se volvieron hacia el lugar de donde procedía el coro y dieron muestras de agitación. Por unos instantes Kazán se mantuvo tan quieto como si se hubiera convertido en piedra. Luego volvió la cabeza y miró a Loba Gris, que había retrocedido tres o cuatro metros y estaba echada bajo un liquidámbar. No profería ningún sonido, pero tenía los labios contraídos y sus blancos dientes brillaban con intensidad.

Kazán se acercó a ella, olió su cara y gimió. Pero Loba Gris no se movió. Él se volvió hacia los perros y abrió y cerró ruidosamente sus mandíbulas. Más claro que nunca llegó hasta ellos el vocerío de la fiesta sin que Kazán pudiera hacer valer su autoridad sobre la jauría; los cuatro perros inclinaron las cabezas al suelo y como sombras partieron hacia las hogueras.

Kazán vaciló y se acercó a Loba Gris, tal vez con la esperanza de que quisiera acompañarlo, pero no se movió un solo músculo de la loba. Lo seguiría ante el peligro de un incendio, pero no cuando quería acercarse al hombre. No dejó de percibir ni un solo ruido; oyó el que hacían los pies de Kazán y comprendió que se había marchado. Entonces levantó la cabeza y de su garganta salió un quejumbroso gemido.

Era su última llamada a Kazán. Pero en éste primaba ahora con mayor fuerza la atracción del hombre y del perro. Los que hasta poco antes lo seguían le llevaban mucha ventaja y por un momento corrió para alcanzarlos. Luego acortó la marcha hasta ir casi al trote y cien metros adelante se detuvo. A menos de un kilómetro podía ver las llamas de las hogueras que enrojecían el cielo. Miró hacia atrás para ver si Loba Gris le seguía y luego prosiguió su camino.

Por fin llegó a la línea de árboles que rodeaban el claro, y el brillo de las llamas iluminó sus ojos. Un ruido ensordecedor llegó a sus oídos. Oyó canciones y risas de los hombres, gritos agudos de mujeres y niños, ladridos, gruñidos y luchas de centenares de perros. Sintió la necesidad de reunirse con ellos y ser nuevamente un perro como lo había sido antes. Paso a paso se deslizó tras los árboles hasta llegar al claro. Allí se quedó bajo un abeto y contempló la vida que en otros tiempos llevara.

A cien metros de distancia estaba el círculo de hombres, perros y hogueras. Su nariz aspiraba el delicioso aroma de la carne de reno asada, y cuando se echó, dominado aún por la prudencia que Loba Gris le inculcara, algunos hombres provistos de largos palos descolgaron los renos asados, que cayeron sobre la nieve que rodeaba las hogueras. La horda que celebraba la fiesta se arrojó cuchillo en mano hacia los renos y una masa gruñidora de perros acudió tras ellos. Kazán olvidó a Loba Gris y todo lo que el hombre y la selva le habían enseñado, y como un rayo salió al claro.

Los perros retrocedían cuando él los alcanzó, porque media docena de hombres los golpeaban con largos látigos. La punta de uno de ellos golpeó la espalda de un perro esquimal y cuando quiso morder la cuerda, sus mandíbulas chocaron con la grupa de Kazán. Este, con rapidez extraordinaria, mordió al perro, y un momento después se agarraban como fieras. Kazán cogió a su contrario por el cuello.

Se acercaron algunos hombres dando gritos. Una y otra vez sus látigos cortaron el aire como cuchillos y sus golpes cayeron sobre Kazán. Cuando sintió el agudo dolor del látigo, gruñó fieramente y soltó la presa que había hecho en el cuello del perro esquimal. Y entonces se acercó al grupo otro hombre ... armado de un garrote. El palo cayó sobre el lomo de Kazán y la fuerza del golpe lo hizo caer. El palo se levantó otra vez. Tras el garrote había una cara brutal y encolerizada. Un rostro como aquél fue el causante de la fuga de Kazán al bosque, y cuando caía el palo por segunda vez, evitó el golpe y sus dientes brillaron como cuchillos de marfil. Por tercera vez se levantó el palo y Kazán dio un salto y sus dientes se cerraron en el antebrazo del hombre, quien profirió un grito de dolor.

Kazán entrevió el brillo del cañón de un arma de fuego y echó a correr hacia el bosque. Oyó un tiro y algo semejante a una brasa de carbón corrió a lo largo de su cadera. Una vez en el bosque se detuvo para lamer su herida, que afortunadamente no fue más que una rozadura, pues la bala había trazado un surco sobre la piel, arrancándola en el lugar por donde pasó.

Loba Gris lo esperaba, todavía bajo el árbol cuando Kazán volvió a su lado. Alegre, se adelantó a recibirlo.

Una vez más el hombre se lo devolvía. Le olió el cuello y
la cara, y luego, por unos instantes, apoyó su cabeza
sobre el cuello de su compañero.

Con las orejas gachas Kazán se encaminó hacia el
noroeste. Y Loba Gris corría a su lado, tocando su lomo,
como antes de que se uniera a ellos la jauría de perros sin
amo. Y aquella maravilla que existía más allá del reino de
la razón, le dijo que una vez más ella era camarada y
hembra de Kazán y que su camino esa noche conducía a
su antigua vivienda situada entre los troncos, en el terreno pantanoso.

Capítulo XVI

EL HIJO DE KAZÁN

Un mes antes habían dejado aquella guarida, cuando estaba cubierta por la nieve. Al volver a ella brillaba un espléndido y cálido sol, pues comenzaba la primavera. Por todas partes había ruidosos arroyos formados por el derretimiento de las nieves, y el hielo, al desmoronarse, producía continuos chasquidos; el frío y pálido brillo de las auroras boreales se alejaba hacia el Polo, en tanto se desvanecía su glorioso resplandor . Ya se hinchaban las yemas de los álamos, y el aire estaba lleno del suave olor de los pinos y de los cedros. Donde seis semanas antes reinaban el hambre, la muerte y la soledad, Kazán y Loba Gris percibían los aromas primaverales de la tierra y oían los diversos sonidos producidos por multitud de vidas.

Sobre sus cabezas había dos pájaros que construían el nido y piaban y disputaban. Un enorme grajo se alisaba las plumas a la luz del sol. Más lejos, oyeron el ruido que hacía una ramita al quebrarse pisada por una enorme pata. Procedente de las cercanías de su guarida, sintieron el olor de una osa que estaba muy atareada en coger las yemas de los álamos para sus oseznos de seis semanas, nacidos mientras ella estaba sumida en su sueño invernal.

Y en el calor del sol y la suavidad del aire, respiraba Loba Gris el misterio de la época del celo y de la maternidad. Gimió con suavidad y frotó su cabeza contra Kazán. Por espacio de muchos días, y a su modo, había tratado de hacérselo comprender. Más que nunca sentía la necesidad de hacerse un ovillo en aquella guarida caliente y seca en vez de salir a cazar. Y ni el olor de una osa que estuviera a dos pasos acompañada de sus cachorros despertaron en ella ninguno de los instintos de su raza. Deseaba echarse en el interior de su guarida y esperar.

Ahora que la nieve había desaparecido, observaron que corría un estrecho arroyo muy cerca de su guarida. Loba Gris enderezó sus orejas al oír su ruido. Desde el día del incendio, cuando ella y Kazán se salvaron en el banco de arena, perdió el horror al agua, característico de los lobos. Siguió sin temor a Kazán, que buscaba por donde vadear la pequeña corriente. Un enorme cedro había caído sobre ella a unos cien metros, formando un puente. Kazán cruzó; Loba Gris vaciló un instante, pero luego cruzó también y, uno al lado del otro, volvieron a su guarida. Asomaron primero la cabeza, olieron el aire largo rato y con cuidado. Luego entraron.

Kazán oyó a su compañera cuando se echaba en el suelo seco del fondo de su vivienda. Jadeaba, pero no de cansancio, sino inundada de una extraña dicha. Kazán también estaba contento de hallarse otra vez en la antigua morada. Se acercó a Loba Gris y ésta lamió su cara y jadeó todavía con más fuerza, lo que significaba algo que Kazán entendió muy bien.

Por un momento estuvo echado a su lado, escuchando y con los ojos fijos en la entrada de su nido. Luego olfateó las paredes de troncos de la guarida y estaba casi por salir cuando llegó a él un nuevo olor. Se quedó rígido, con los pelos erizados. El olor fue seguido de un charloteo quejumbroso e infantil. Por la abertura entró un puerco espín y avanzó con su peculiar descuido, sin dejar de charlar. Kazán, como los demás animales, había aprendido a ignorar la presencia de la ofensiva criatura que lo producía. Pero entonces no se detuvo a considerar que estaba frente a un puerco espín y que a su primer gruñido el pacífico y buen animal se apresuraría a alejarse, aunque sin cesar en su parloteo. Su primer razonamiento fue que un ser vivo había invadido su hogar. Un día o una hora más tarde acaso se contentara con alejar al intruso gruñendo, pero ahora saltó sobre él.

Un grito de espanto, mezclado con gruñidos semejantes a los de los cerdos y luego un clamor de aullidos espantosos, siguió al ataque. Loba Gris se acercó a la entrada de su hogar. El puerco espín estaba a pocos metros, convertido en una bola de aceradas puntas, y ella oyó a Kazán, que se lamentaba desesperado por el dolor más intenso que puede sentir un habitante de los bosques. Su cara y su nariz estaban llenas de agujas. Por unos instantes se revolcó por la tierra húmeda, golpeando furioso con las patas delanteras las horribles cosas que se hundían en su carne. Luego echó a correr y galopó como un loco y dio varias vueltas alrededor de la vivienda, aullando de dolor a cada salto que daba.

Loba Gris tomó el asunto con más tranquilidad. Es posible que en la vida de los animales haya algunos momentos de ironía; si es así, ella debió creer que éste merecía más bien burla que compasión. Olió al puerco espín y comprendió que Kazán estaba lleno de espinas. Y como no podía hacer nada ni había contra quién combatir, se sentó y esperó, enderezando las orejas cada vez que Kazán pasaba, en su loco circuito, por la guarida. Al rato el puerco espín se tranquilizó un tanto y continuó su monólogo mientras se dirigía a un álamo cercano, al que se encaramó para roer la tierna corteza de una rama.

Por último, Kazán se detuvo ante Loba Gris. El horrible dolor se había transformado en un escozor ardiente. Loba Gris se le acercó y lo examinó olfateándolo con prudencia. Luego, con sus dientes, cogió los extremos de tres o cuatro púas y tiró con fuerza. Kazán, que entonces era más perro que nunca, dio un alarido de dolor. Se echó, con las patas anteriores extendidas, y se sometió a la curación, sin emitir más que uno que otro quejido. Por suerte no se clavó ninguna de las espinas en la boca ni en la lengua. En cambio las mandíbulas y la nariz quedaron pronto cubiertas de sangre.

Se fue más tarde al arroyo y hundió su inflamado hocico en el agua fría, lo cual lo alivió, pero no por mucho tiempo. Las espinas que quedaban se introdujeron cada vez más en la carne, como si estuvieran vivas, y empezaban a clavarse en su lengua. Desesperado, mordió un trozo de madera, mediante lo cual consiguió romper la punta de la espina, inutilizándola. Y en vista del buen resultado obtenido, pasó gran parte del día mordiendo palos. Al oscurecer se retiró a la guarida y Loba Gris le lamió el hocico con su lengua suave.

Al día siguiente tenía tan hinchada la cara que Loba Gris, de ser mujer y no estar ciega, se habría reído. Las encías parecían almohadones y los ojos dos estrechas aberturas. Pero el dolor había desaparecido casi del todo.

Por la noche empezó a pensar en la caza y a la mañana siguiente llevó a la guarida un conejo. Pocas horas después estuvo a punto de lograr una perdiz, pero cuando se disponía a saltar sobre ella, oyó el cercano parloteo de un puerco espín y se detuvo. Pocas cosas le causaban miedo, pero a partir de ese día la presencia o vecindad de un puerco espín lo hacía escapar con la cola entre las piernas. Y así como el hombre aborrece y elude a la serpiente, Kazán huyó en adelante de aquel pequeño habitante de los bosques, que nunca, en la historia animal, había dado muestras de perder su buen humor o de buscar querella con otro.

Durante las dos primeras semanas, Loba Gris cazó con frecuencia junto a Kazán, pero no se alejaba mucho, porque en las cercanías abundaba la caza menor y todos los días obtenían carne fresca. Pasado este tiempo, cazó cada día menos.

Luego llegó la suave y perfumada noche, radiante con la luz de la luna llena, en que ella se negó a salir. Kazán no insistió porque su instinto le hizo comprender, y en esa ocasión, se alejó muy poco. Al regresar traía un conejo, pero Loba Gris, desde el rincón más oscuro de la guarida, le avisó con un gruñido que retrocediera. Él dejó caer el conejo, no se ofendió por el gruñido, sino que miró a la oscuridad y se tendió a la entrada. Poco después se levantó inquieto y salió. Al volver era ya de día y husmeó la guarida, como lo hiciera mucho tiempo atrás en la Roca del Sol. Lo que había en el aire ya no era misterioso para él. Se acercó y Loba Gris gimió suavemente cuando la tocó. Su hocico tocó algo más, algo blando, caliente y que producía un ruido semejante a la respiración. De su garganta brotó un débil gemido, y en la oscuridad sintió la rápida y suave caricia de la lengua de Loba Gris.

Kazán volvió a la luz del sol y se tendió ante la entrada de la guarida, invadido de una extraña felicidad.

Capítulo XVII

LA EDUCACIÓN DE BARI

Privados una vez de las alegrías de la paternidad por el asesinato ocurrido en la Roca del Sol, tanto Kazán como Loba Gris recordaban la noche en que el lince despedazara a sus hijos. Loba Gris temblaba de miedo ante cada ruido, dispuesta a saltar al cuello del invisible enemigo y destrozar todo lo que no fuera Kazán. Sin cesar, y poniéndose de pie al menor crujido, Kazán vigilaba. Pero en aquellos lugares reinaba la más completa paz. No había intruso alguno, a excepción de los pájaros, los ratones y los armiños, que no podían ser considerados como tales.

A pesar de husmear varias veces alrededor de su compañera, Kazán encontró un solo cachorro.

Los indios de la región lo habrían llamado Bari, porque no tenía hermanos y por ser mestizo de perro y lobo. Era un animalito brillante, muy vivaracho desde el primer día. Se desarrolló con la rapidez propia de los lobatos. Los tres primeros días de vida los pasó junto a su madre, mamaba cuando sentía necesidad de alimento, y dormía el resto del tiempo mientras ella lo lavaba y lo lamía constantemente. A partir del cuarto día ya empezó a dar muestras de vida activa, y hacía progresos de hora en hora. No tardó mucho en reconocer a Kazán como algo inseparable de su madre y se revolcaba por entre sus patas delanteras para echar un sueñecito.

Finalmente llegó la ocasión en que se atrevió a llegar hasta la entrada de su vivienda, y allí se echó, asustado de lo que veía. Loba Gris salió a la luz del sol y lo llamó para que se reuniera con ella.

Con el pasar de los días pudo convencerse de que el mundo no era tan agradable como se figuraba. Ante señales de tormenta, Loba Gris trató de hacerlo entrar en la guarida, mas él no entendió. Pero donde ella fracasó, logró la naturaleza dar una lección al cachorro, que fue cogido por un verdadero diluvio y casi se ahogó antes de que se acercara su madre para llevarlo adentro.

Y así, una a una, recibió las enseñanzas de la vida y uno a uno nacieron sus instintos. El más memorable de los días siguientes fue aquel en que su curiosa nariz tocó la carne de un conejo recién muerto y que aún sangraba. Era la primera vez que la probaba y se llenó de extraña excitación.

Por último descubrió el Gran Misterio, el día que Kazán le llevó un conejo que todavía estaba vivo, pero malherido. Por unos instantes observó los movimientos agónicos del animal. Era su primera lección de cómo debía matarse un ser de carne comestible, y Loba Gris olía el conejo y luego volvía su ciego rostro a Bari. Al ver que su madre no recibía daño alguno, Bari se acercó a su vez y se atrevió a tocar la cosa cubierta de piel. En una de sus últimas convulsiones, el conejo encogió sus patas traseras y dio a Bari una coz que lo mandó lejos, aullando de pánico. Se puso de pie y por primera vez se apoderaron de él la cólera y el deseo de venganza. Volvió junto al conejo y un momento después clavaba sus dientes en su cuello. Apretó hasta que no hubo el más pequeño temblor de vida en su primera víctima. Loba Gris, muy satisfecha, acarició a Bari con la lengua. Y el mismo Kazán aprobó lo hecho por su hijo.

Con gran rapidez el cachorro se convirtió en devorador de carne. Uno a uno se le revelaron los misterios de la vida, los odiosos gritos del celo de los búhos grises, el ruido que hacía al caer un tronco de árbol, el estampido del trueno, el rumor del agua corriente, el maullido de un gato silvestre, el mugido del alce y la distante llamada de los de su raza.

Se hizo ágil y diestro de movimientos. Se le obscurecieron los pelos amarillos del cuerpo y a lo largo del espinazo apareció una línea grisácea, semejante a la de Kazán. Tenía la hermosa cabeza de su madre, pero en lo demás se parecía a su padre. Tenía los ojos muy separados y en su comisura inferior había una manchita roja, que era una prueba de que descendía del lobo. Era tan pronunciado el color rojo de su mancha que, aunque corriera por sus venas sangre de perro, él pertenecería por siempre a la vida salvaje.

Más adelante, la caza fue la pasión dominante de Bari. Cuando no dormía al sol o en la guarida por la noche, buscaba incansable algo vivo que destruir.

Cada día se aventuraba más lejos, siempre siguiendo el curso del arroyo. A veces permanecía fuera por espacio de dos horas. Al principio Loba Gris se mostraba nerviosa en su ausencia, hasta que por último ya no se inquietó. La naturaleza obraba rápido. Kazán mostraba también cierta intranquilidad. Habían llegado las noches de luna y el deseo de vagabundear un poco se hacía cada vez más fuerte. Como Loba Gris, sentía la necesidad de echar a correr hacia la inmensidad del mundo.

Llegó la tarde en que Bari partió para su cacería más larga. Medio kilómetro más lejos mató su primer conejo y se quedó al lado de la víctima hasta oscurecer. Salió la luna, enorme y dorada, que inundaba los bosques y las llanuras con luz tan viva que semejaba la del día. Y Bari, ante la luz de la luna, echó a correr, y la dirección que seguía era la opuesta a la de su guarida.

Toda la noche Loba Gris esperó vigilante, pero en vano. Por fin, cuando la luna se hundía al sudoeste, se sentó sobre las ancas, levantó hacia el cielo su ciego rostro y exhaló el primer aullido desde que naciera Bari. Muy lejos, éste pudo oír a su madre, pero no contestó. Un mundo nuevo lo llamaba.

Capítulo XVIII

DIENTE ROTO

Transcurrían los espléndidos días precursores del verano y las noches del norte tenían la luminosidad de la luna y de las estrellas. Kazán y Loba Gris se alejaron por el valle que se abría entre las dos montañas para emprender una larga cacería.

Era el deseo de correr que sienten todos los animales salvajes poco después de que los cachorros los han abandonado. Se encaminaron hacia el oeste y cazaban principalmente de noche, dejando tras ellos un rastro de huesos, pieles y plumas de los conejos y perdices que devoraban. Era la estación de la matanza y no del hambre. Su apetito se saciaba todos los días; engordaron, se les puso brillante el pelo y cada vez pasaban más rato tomando el sol.

Un día se vieron frente a frente a una vieja nutria. Era un gigante entre las de su especie y estaba cambiando su pelaje. Kazán la miró indiferente y Loba Gris se limitó a olfatear en el aire el fuerte olor a pescado que despedía. Para ellos la nutria no representaba más que una rama flotante en el arroyo, y continuaron su camino.

Prosiguieron su viaje cinco kilómetros hacia el oeste, y siguiendo siempre la misma corriente. Allí encontraron un obstáculo que les hizo devolverse hacia la montaña del norte. Era un inmenso dique de castores que mediría bien unos doscientos metros de ancho y retenía de tal manera el agua que inundaba más de un kilómetro del bosque.

Así pues, se dirigieron nuevamente al norte, sin saber que la naturaleza había planeado que los cuatro —el perro, la loba, la nutria y el castor— se empeñarían en breve en una de esas luchas sin cuartel que tienen lugar en la vida salvaje y que impiden la supervivencia de los animales menos aptos.

Durante muchos años ningún hombre había llegado a aquel valle a molestar a los castores. Si un cazador hubiera cogido al patriarca de la colonia, seguramente le habría dado por nombre Diente Roto, debido a que uno de los cuatro dientes con que cortaba los árboles estaba quebrado. Seis años antes, Diente Roto guió corriente abajo a unos cuantos castores de su edad, construyeron su primer dique y fundaron su primera colonia. Al siguiente mes de abril, cada una de las madres dio a luz a sus hijos. Al final del cuarto año de haber seguido las leyes de la naturaleza, esa generación se habría separado para establecerse en otra parte. Pero aunque se aparearon, no emigraron. Y así pasó con la segunda generación.

De manera que a principios del verano del sexto año la colonia se parecía a una gran ciudad largo tiempo sitiada por un enemigo. El alimento escaseaba y las viviendas estaban demasiado llenas. La de Diente Roto medía tres metros de largo por dos y medio de ancho y allí habitaba en compañía de sus veintisiete hijos y nietos. Cuando Kazán y Loba Gris husmeaban indiferentes los fuertes olores de la ciudad de los castores, Diente Roto se disponía a romper los precedentes de su tribu y emprender el éxodo con su familia.

Diente Roto era el jefe reconocido en la colonia, pues ningún castor había alcanzado su tamaño o su fuerza. Su cuerpo medía noventa centímetros de alto y pesaba treinta kilos. Tenía una cola de treinta y cinco centímetros de largo y de doce de ancho, y era sin duda el mejor nadador de la colonia.

La noche de la marcha, se encaramó en lo más alto del dique, se sacudió el agua y miró hacia abajo para cerciorarse de que su ejército estaba allí para seguirlo. El agua, alumbrada por el resplandor de las estrellas, se rizaba y saltaba a causa del movimiento de tantos cuerpos. Algunos de los castores de más edad se situaron al lado de Diente Roto, y el anciano patriarca se hundió en la estrecha corriente por la parte opuesta del dique. Con facilidad y rapidez emprendieron el viaje río abajo; sólo los pequeñuelos nacidos tres meses atrás nadaban con ardor para mantenerse junto a los viejos. Eran cuarenta, aproximadamente.

Nadaron toda la noche. La nutria, el más mortal enemigo del castor, se ocultó en unos arbustos cuando pasaron. La nutria era devoradora de peces y su papel consistía tanto en conservar como en destruir los animales de que se alimentaba. Tal vez la naturaleza le dio a entender que demasiados diques de castores interrumpían la propagación de los peces.

Hacia el alba cruzaron los castores la llanura incendiada el año anterior y llegaron al extremo pantanoso que constituía el dominio de Loba Gris y Kazán. Por derecho de descubrimiento y de ocupación, aquel terreno pertenecía al perro y a la loba, y en todos lados habían dejado pruebas de su posesión. Pero Diente Roto era un habitante de las aguas y el olfato de su tribu no era muy agudo

para poder notarlo. Se detuvo precisamente junto a la
guarida de Kazán y Loba Gris y, tomando tierra, se equili-
bró sobre sus palmeadas patas traseras y su ancha cola.

Allí encontró condiciones ideales de instalación. Podía construirse con toda facilidad un dique a través de la
estrecha corriente y se inundaría una gran extensión de
tierra poblada de alisos, sauces, álamos y abedules. Además, el lugar estaba abrigado por el bosque, de manera
que los inviernos serían menos fríos. Diente Roto dio a
entender a sus compañeros que aquélla era su nueva
patria. En ambas orillas los castores tomaron posesión de
la tierra y se dirigieron a los árboles más próximos. Los
pequeñuelos empezaron a devorar, hambrientos, las cor-
tezas tiernas de los sauces y alisos, en tanto los mayores
investigaban todo muy agitados y se desayunaban apenas
con algunos bocados que de vez en cuando sacaban a la
corteza.

Ese mismo día empezó la construcción de las viviendas. Diente Roto eligió un enorme abedul que se inclina-
ba hacia el agua y empezó el trabajo de cortar el tronco
con sus tres largos dientes. Incansable, trabajó por espacio de varias horas y cuando se detuvo a reposar, otro
obrero se encargó de la tarea. Mientras tanto, una decena
de castores trabajaba cortando madera. De pronto se des-
plomó sobre la corriente un álamo pequeño. El corte
alrededor del enorme abedul tenía la forma de un reloj de
arena. A las veinte horas caía a través del arroyo.

Diente Roto otorgó muy pocos descansos durante los
días siguientes. Con inteligencia casi humana continuaban
su trabajo los pequeños ingenieros. Cortaron árboles de
poca altura y los dividieron en trozos de un metro, que
echaron al agua uno a uno. Los castores los empujaban
con la cabeza y las patas anteriores hasta donde estaba el
abedul. Allí, por medio de ramitas y plantas, los sujetaron.

Terminada la armazón, empezaron la maravillosa obra de relleno.

Una vez que pusieran la especie de argamasa, nada podría destruir el dique. Debajo de sus barbillas, que tenían forma cóncava, llevaban a la orilla una mezcla de barro y ramitas con la que se pusieron a rellenar la armazón.

A los tres días el agua empezó a subir lentamente, lo que facilitó el trabajo. Ya casi habían terminado cuando, una mañana, Kazán y Loba Gris volvieron a sus lares.

Capítulo XIX

LA GUERRA CONTRA LOS INVASORES

El viento suave que soplaba del sudeste llevó el olor de los intrusos a la nariz de Loba Gris cuando estaban a corta distancia de su morada. La loba se apresuró a avisar a Kazán. Cuando, algo más adelante, oyeron el ruido producido por un árbol al caer, se detuvieron sorprendidos. Después se oyó un grito agudo seguido de un chapuzón. Ambos trotaron despacio y se acercaron a la guarida por la parte posterior. Allí pudo observar Kazán el inesperado cambio ocurrido durante su ausencia. Atónito, inmóvil, miró fijamente ante él.

Ya no estaba el pequeño arroyo y en su lugar había un pantano que llegaba casi al pie de la subida hacia su guarida y que tendría, por lo menos, treinta metros de ancho. El agua contenida por la presa había inundado los matorrales y bosques en gran extensión. Kazán y Loba Gris se aproximaron sin hacer el más leve ruido y los obtusos olfatos de los castores no descubrieron su presencia.

Muy cerca de ellos, Diente Rojo roía un árbol y a su derecha cinco pequeñuelos se entretenían en construir una presa en miniatura con barro y ramitas. Al lado opuesto del pantano había una pendiente de unos dos metros y en ella otros pequeños castores, de dos años de edad, se divertían dejándose caer como por un tobogán.

Para Kazán, los castores habían cesado de ser animales acuáticos y dotados de un olor que le desagradaba. Ahora eran invasores y, por consiguiente, sus enemigos.

Sin proferir el menor gruñido se dirigió hacia Diente Roto. Este ignoró por completo el peligro que lo amenazaba hasta que estuvo a pocos metros de él. Kazán se le lanzó encima y ambos rodaron hasta el borde del agua, pero en seguida el cuerpo del castor se deslizó por debajo de Kazán como si estuviera untado en aceite, y Diente Roto se vio a salvo en su elemento, aunque con la cola agujereada por los dientes de su adversario. Burlado en su intento, Kazán salió disparado hacia la derecha. Los castores pequeños, asustados y asombrados por lo que habían visto, parecían clavados en el suelo. Hasta que vieron a Kazán dirigirse hacia ellos, no se movieron. Tres llegaron al agua, pero el cuarto y el quinto, que no tenían más de tres meses, no tuvieron tiempo. De una sola dentellada Kazán rompió el espinazo de uno y al otro lo cogió por el cuello y lo sacudió con fuerza, de manera que al llegar Loba Gris, los dos castores estaban muertos. Ella olió los pequeños cadáveres y gimió suavemente. Tal vez aquellos pequeñuelos muertos le recordaron a su fugitivo Bari, porque en su gemido había una nota de ternura maternal.

Kazán no se dio cuenta de ello. Había matado a dos de los que se atrevieron a invadir sus dominios, y se mostró tan despiadado con los pequeños castores como lo hizo el lince en la Roca del Sol.

Se acercó al extremo de la represa, la cual era algo nuevo para él. Por instinto comprendió que era obra de

Diente Roto y de los suyos, y se puso a morder furioso las ramas que sobresalían de la estructura. De pronto se agitó el agua y apareció la gran cabeza gris de Diente Roto. Por espacio de unos segundos se miraron el castor y el perro, separados por varios metros de agua. El viejo castor se encaramó en el dique, mostrando su cuerpo mojado y brillante, y se quedó echado, mirando a Kazán. Estaba solo, pues ningún otro se atrevió a asomarse. En vano buscó Kazán un paso que le permitiera llegar hasta su enemigo, y cuando por fin abandonó el terreno, el viejo ingeniero se dejó resbalar y desapareció bajo el agua. Ya sabía que Kazán, al igual que el lince, no podía pelear en el agua, y difundió tales nuevas entre los miembros de la colonia. Loba Gris y Kazán volvieron a su guarida y se tendieron al sol. Media hora más tarde apareció en la orilla opuesta Diente Roto seguido de otros castores, y continuaron su trabajo como si nada hubiera sucedido. Varias veces uno de los castores se acercó y contempló los cuerpos de las víctimas de Kazán. Tal vez era su madre. Los sentimientos de fiereza que se apoderaron de Kazán habían desaparecido ya, y se limitaba a observar atentamente a los castores. Sabía ya que no eran animales luchadores. Ni siquiera Diente Roto había hecho la menor tentativa de atacarlo. Se dijo que esos extraños personajes que vivían lo mismo en el agua que en la tierra, habían de ser cazados como los conejos y perdices. A primera hora de la tarde salió de la guarida, seguido de Loba Gris. Uno de los vados que acostumbraba usar estaba sumergido y tuvo que echarse al agua y atravesar la corriente a nado, dejando a Loba Gris en la orilla en que estaba la guarida.

Se encaminó hacia el pantano y se ocultó en un denso matorral, dispuesto a saltar en cuanto se presentara la oportunidad. Después de algunos minutos de espera, llamó su atención un movimiento en la represa. En mitad de ésta trabajaban dos o tres castores. Rápido como una centella, Kazán salió de su escondite y vadeó el dique. A cosa de medio metro Diente Roto trataba de meter en su sitio un trozo de tronco de árbol. No advirtió la presencia de Kazán, pero otro castor le dio el aviso al arrojarse al pantano. Levantó los ojos y vio ante sí los dientes desnudos de su enemigo. Retrocedió, pero demasiado tarde, Kazán clavó sus colmillos profundamente en el cuello del castor, pero éste se había echado atrás y Kazán perdió pie. Los dientes del castor se enterraron en la piel del cuello del perro lobo y ambos se hundieron en el agua del pantano.

En el momento en que llegó al agua, su elemento, Diente Roto apretó con tenacidad su presa y se dejó caer con sus treinta kilos como si fuera de plomo. Kazán se vio arrastrado hasta el fondo. Se llenaron de agua su boca, sus orejas y su nariz y sentía en la cabeza un ruido ensordecedor, pero apretó los dientes y los clavó con mayor fuerza. Los combatientes tocaron el fondo y por un momento se revolcaron en el fango. Entonces Kazán soltó la presa y luchó por su propia vida y no por arrebatar la de su enemigo. En tierra se habría soltado con facilidad de Diente Roto, pero debajo del agua éste era más peligroso que un lince. Pero el castor no tenía razón alguna para retener a Kazán; no era vengativo ni sentía sed de sangre. Al observar que estaba libre y que el extraño enemigo no podía hacerle ningún daño, abrió la boca.

Kazán no perdió un instante; cuando llegó a la superficie estaba a punto de ahogarse. Logró apoyarse en una rama y llenó sus pulmones de aire. Al llegar a la orilla salió arrastrándose, tembloroso y sin fuerzas. Y se sentía derrotado por un enemigo que ni siquiera tenía colmillos. Tal hecho lo humilló, se tendió al sol y esperó a que Loba Gris se le reuniera.

Siguieron días en que el deseo de destruir a todos los castores fue para Kazán la mayor pasión de su vida. El agua se levantaba cada vez a mayor altura y llenaba ya el bajo que rodeaba la guarida. Dentro de pocas semanas su vivienda no sería más que un islote en el centro de un enorme pantano. Sin cesar esperaba la ocasión favorable para arrojarse sobre los descuidados miembros de la tribu de Diente Roto. Al cabo de cinco días había matado ya siete castores.

Y entonces llegó la nutria.

Nunca se había encontrado Diente Roto entre dos enemigos más terribles.

En tierra, Kazán era el amo por su mayor rapidez, olfato más fino y práctica en la lucha. En el agua, la nutria era una amenaza más temible todavía; era más veloz que los peces, sus dientes eran finos y agudos como agujas, y su piel tan resbaladiza que los castores no podrían sujetarla aunque le clavaran los dientes. La nutria era el mayor destructor de castores del norte, mucho más todavía que el hombre. Los atacaba abriendo una brecha en el dique. El agua se escapaba a toda velocidad por la abertura, se desplomaba la superficie de hielo y las casas de los castores quedaban en la nieve. Entonces sobrevenía la muerte por hambre y frío.

Pero ahora era verano. Durante dos días, la nutria rondó por los alrededores de la represa y por el agua profunda del pantano. Kazán la tomó por castor y en vano trató de capturarla. Ella lo miró con desconfianza y procuró no encontrarse en su camino. Ninguno de los dos supo que el otro era un aliado. Entretanto, los castores continuaban su trabajo y el agua del pantano se había elevado lo suficiente para empezar la construcción de tres viviendas.

Al tercer día comenzó a obrar el instinto destructor de la nutria. No tardó en encontrar el punto débil y entonces, con sus agudos dientes y su cabeza cónica realizó sus operaciones de perforación. Se abrió paso a través del muro del dique y logró, en seis horas, atravesar el metro y medio que tenía la base de la represa.

Desde el pantano se precipitó por aquella abertura un verdadero torrente de agua. Kazán y Loba Gris, que estaban ocultos en el matorral, oyeron el ruido y Kazán vio a la nutria subirse sobre el dique y sacudirse el agua.

Diente Roto no se alarmó al principio, pero cuando vio que el agua se retiraba de sus viviendas comprendió la gravedad del caso. Junto a los castores más viejos, se encaminó hacia la nutria, que con un grito se hundió en el agua, y logró escapar por una orilla del pantano. De inmediato los castores empezaron el trabajo de reparación. Para ello se precisaban maleza y ramas de gran tamaño y se vieron obligados a arrastrar sus gruesos cuerpos a través de diez o quince metros de agua con lodo.

Diente Roto y sus valientes ingenieros lograron tapar perfectamente el agujero y empezó nuevamente a subir el nivel del agua en el pantano.

A unos centenares de metros corriente arriba estaba la nutria, tendida en un tronco donde tomaba los últimos rayos del sol. Al día siguiente volvería a la represa para continuar su obra de destrucción.

Pero el extraño e invisible espíritu de los bosques miró por fin con compasión a Diente Roto y a su amenazada tribu. En aquellos mismos momentos Kazán y Loba Gris tomaron el camino río arriba y encontraron a la nutria que, medio dormida, recibía los dorados rayos solares. La nutria era vieja; llevaba diez años viviendo y probando su astucia. Kazán saltó sobre ella sin hacer ruido. Sus dientes se clavaron en su cuello y le partieron la yugular, de modo que la nutria murió acaso sin saber siquiera quién la había atacado.

Kazán y Loba Gris siguieron su camino en busca de nuevos enemigos que matar, sin advertir que en la nutria había muerto el único ser capaz de echar a los castores del nuevo dominio que habían elegido.

El agua crecía continuamente, hasta que llegó el día en que cubrió el camino a la guarida: Kazán y Loba Gris lo recorrieron por última vez, se alejaron de lo que hasta entonces había sido su morada, y partieron hacia la llanura.

Así fue como el valiente y viejo Diente Roto les enseñó a respetar a los castores.

Capítulo XX
LA CAPTURA

En su humillación y derrota, después de haber sido arrojados de su guarida por los castores, Kazán llevó a su compañera hacia el sur. Treinta kilómetros más allá, llegaron a la región de los bosques destruidos por el fuego del último verano. Loba Gris no podía ver la desolación del mundo que atravesaba, pero en cambio la sentía. Recordó el incendio que hubo después de la tragedia de la Roca del Sol, y sus maravillosos instintos, aguzados y desarrollados por la ceguera, le dieron a entender que hacia el norte y no hacia el sur estaban los terrenos de caza que buscaban. Venció Loba Gris y desandando lo recorrido se encaminaron hacia el norte, hacia las fuentes del río Mac Farlane.

A fines del otoño anterior, un buscador de oro halló pepitas de oro en aquel río. Pronto llegó la noticia a las regiones civilizadas, y a mediados de invierno la primera horda se precipitó al lugar en trineos o calzados de raquetas de nieve.

Uno de los últimos en llegar fue Sandy Mac Trigger, quien tenía varias razones para salir de la región donde vivía. Estaba en malas relaciones con la policía y tenía urgente necesidad de alejarse; se sospechaba que había dado muerte a dos personas y robado a otras tantas; pero nunca se pudieron encontrar pruebas suficientes en su contra. Había hecho descubrimientos importantes que le permitieron ganar grandes cantidades de dinero, pero lo perdió todo en la bebida y el juego. Era muy astuto y no tenía conciencia ni conocía el miedo. La brutalidad era su rasgo más sobresaliente.

Se dirigió al sur, remontando el Mac Farlane y hasta que no estuvo a bastante distancia de los demás, no empezó a buscar. Una tarde, pasadas ya algunas semanas, acercó su canoa a una estrecha franja de arena. Era un recodo del río, que allí se ensanchaba, y hacia él se dirigió con la esperanza de encontrar algo. Se había inclinado sobre la arena para examinarla, cuando llamaron su atención unas huellas. Dos animales, uno al lado del otro, habían estado bebiendo allí, tal vez una hora antes. Brillaron los ojos de Sandy y miró en todas direcciones.

—Lobos —murmuró—. Me gustaría poder largarles un tiro con este rifle.

A unos quinientos metros, Loba Gris sorprendió el temido olor del hombre y avisó a Kazán con un largo aullido, que llegó a oídos de Mac Trigger. Este desembarcó en el acto, cargó de nuevo su rifle y se metió tierra adentro.

Cinco minutos después del aviso de Loba Gris, Kazán llegaba a su lado, jadeante a causa de la carrera. Ella gimió y trotó algunos pasos hacia el sudoeste. En ocasiones como aquélla, Kazán pocas veces se negaba a dejarse guiar por su compañera. Se alejaron uno al lado del otro.

Por la mañana temprano, Mac Trigger botó la canoa al río y empezó a descender por la corriente. Dejaba que ésta lo arrastrara y sólo usaba el remo para evitar choques

contra las orillas. Iba sentado, con el viejo rifle entre las rodillas.

Por la tarde, cerca del crepúsculo, Kazán y Loba Gris se acercaron a un banco de arena situado en el arroyo. Kazán bebía tranquilamente el agua fría cuando apareció Sandy en su canoa que se deslizaba sin hacer ruido, a menos de cien metros de distancia. Si Mac Trigger hubiera usado el remo o el viento hubiera sido favorable, Loba Gris habría advertido el peligro, pero fue el ruido metálico del cierre del rifle lo primero que llamó su atención. Se estremeció al comprender lo cerca que estaba el enemigo, y Kazán, que oyó el ruido, dejó de beber para mirar. En ese momento Sandy apretó el gatillo. Resonó un estampido y Kazán sintió que una corriente de fuego pasaba con la rapidez del rayo por su cerebro. Cayó hacia atrás, pues las patas se negaron a sostenerlo, y se quedó en el suelo convertido en una masa inmóvil. Loba Gris, al oír el disparo, se apresuró a huir a los matorrales y, como era ciega y no vio caer a Kazán, cuando estuvo a unos quinientos metros de distancia, se detuvo para esperarlo.

Mac Trigger acercó su canoa al banco de arena, con un grito de triunfo.

—¡Te cogí, maldito! ¡Te cogí! —exclamó—. ¡Y si hubiera tenido otro tiro en esta antigualla, también habría matado a tu compañero!

Con el cañón del arma levantó la cabeza de Kazán. Entonces la satisfacción que se pintaba en su cara se trocó en el más profundo asombro. Acababa de ver el collar que llevaba Kazán.

—¡Demonio! ¡No es un lobo! ¡Es un perro!

Capítulo XXI

EL MÉTODO DE MAC TRIGGER

Mac Trigger se dejó caer de rodillas sobre la arena. La expresión de triunfo había desaparecido de su semblante. Dio vuelta el collar hasta que apareció la desgastada placa, sobre la cual pudo leer las letras casi borradas: K-A-Z-A-N. Cuando deletreó el nombre, el aspecto de su rostro era el de quien no se atreve a creer lo que ve.

—¡Un perro! —exclamó de nuevo—. ¡Un perro, Sandy Mac Trigger, y de estupenda raza!

Se levantó y miró otra vez a su víctima. Del hocico de Kazán brotaba un hilillo de sangre; se inclinó para examinar la herida. Vio que ésta era leve, ya que la gruesa bala tan sólo le había rozado el cráneo, sin romperlo, de manera que el animal tenía nada más que una fuerte contusión que lo hizo caer sin sentido al suelo.

Miró los pies de Kazán y al observar que eran característicos de los lobos, profirió una exclamación de alegría. Tenía sangre en las venas, era grande y fuerte, y Sandy pensó en el invierno siguiente y en los altos precios que los perros alcanzarían en Oro Rojo. Fue hacia la canoa y volvió con un rollo de correa muy gruesa. Le puso un bozal al perro y le amarró la correa al collar. Y entonces esperó a que Kazán recobrara el sentido.

Cuando el perro levantó la cabeza no veía nada, porque ante sus ojos parecía haber un velo de color de sangre. Pero pronto desapareció y vio al hombre. Quiso levantarse, mas se cayó tres veces antes de lograrlo. Sandy sujetaba la correa, y entonces Kazán gruñó y se le erizaron los pelos del espinazo.

—Me parece adivinar lo que piensas —dijo—. Ya he tenido perros como tú. Los malditos lobos te han hecho malo y necesitas un poco de jarabe de palo. Ahora, mira aquí...

Sandy había tenido la precaución de traer de la canoa un palo junto con la correa. Lo cogió mientras Kazán recobraba toda su fuerza. Ya no estaba atontado; veía a sus enemigos de siempre: el hombre y el garrote. De inmediato se sintió animado de su salvaje ferocidad. Sin razonar, sabía que Loba Gris se había marchado, y que este hombre era el culpable de su huida. Con un rugido saltó sobre él y chocó con su pecho. El bozal salvó a Mac Trigger de una muerte segura.

Con la agilidad de un gato, el hombre se puso nuevamente de pie y se echó sobre Kazán con la furia de un loco. Kazán volvió a saltar, pero esta vez se encontró con un rápido golpe de garrote que le dio en la espalda y lo tiró al suelo de costado. Y antes de que pudiera rehacerse, Sandy se acercó y el garrote se levantó y cayó sobre Kazán con la habilidad y fuerza propias de quien está acostumbrado a usarlo. Los primeros golpes sirvieron tan sólo para enfurecer más a Kazán y para hacerlo más atrevido en sus ataques, pero el garrote caía sobre él con tal fuerza que casi le rompía los huesos.

Había en los ojos de Sandy una mirada cruel y en su boca, un rictus de maldad. Dio un fuerte garrotazo al perro en la cabeza que lo hizo caer otra vez inanimado al suelo. Antes de que Kazán se repusiera, Sandy lo arrastró hasta un tronco y allí ató la correa. Luego arrastró la canoa hasta la orilla y empezó los preparativos para acampar.

Algunos minutos después de recuperar el sentido, Kazán permaneció inmóvil, vigilando a Mac Trigger. Le dolían todos los huesos. Sus mandíbulas estaban heridas por la cuerda y ensangrentadas por los garrotazos, y tenía el labio superior casi destrozado de un golpe y un ojo cerrado. Sandy se acercó, complacido con el resultado de la paliza, pero sin dejar de empuñar el garrote. Empujó al perro con el palo y el animal gruñó, tratando de morderlo. Eso era lo que deseaba Mac Trigger, pues era uno de los ardides de los domadores. Volvió al instante a hacer uso del garrote y le pegó hasta que Kazán, con un gemido, buscó protección en el tronco al que estaba amarrado.

Habían sido tan formidables las palizas recibidas, que apenas podía arrastrarse. Tenía la pata delantera casi deshecha y no podía sostenerse sobre sus ancas. No habría podido huir ni aunque estuviera libre.

Sandy estaba de excelente humor, cosa no acostumbrada en él.

—Te voy a quitar el diablo del cuerpo —dijo a Kazán por vigésima vez— No hay nada como el palo para educar a los perros. Dentro de un mes valdrás doscientos dólares o te despellejo vivo.

Antes de que obscureciera, aún trató Sandy tres o cuatro veces más de suscitar la animosidad de Kazán, pero en éste ya no quedaba el menor deseo de pelear. Estaba echado, con la cabeza entre las patas delanteras. No hizo el menor caso de la carne que le echó bajo la nariz y ni se dio cuenta de cuándo llegó la noche. Más, por fin, algo lo sacó de su estupor y levantó la cabeza y escuchó. Era el aullido triste y quejumbroso de Loba Gris en la llanura.

Dando un gemido, Kazán se puso de pie y tiró de la cuerda, pero Sandy empuñó el garrote y se le acercó con gesto amenazador.

—¡Échate, animal! —ordenó.

Levantó el palo y lo volvió a dejar caer sobre el lomo de Kazán. Cuando terminó, puso el garrote entre las mantas que le servían de cama.

—No te quepa duda de que te sacaré el demonio del cuerpo —dijo—. Lo haré o te mataré.

Durante la noche, Kazán oyó varias veces la llamada de Loba Gris, pero sólo se atrevió a gemir suavemente, pues temía al palo. Tenía fiebre y a sus dolores se agregó el sufrimiento de una sed horrible. Cuando, a la aurora, Sandy le dio carne y agua, el perro bebió, pero no comió nada. El hombre observó satisfecho el cambio. Cuando salió el sol, se dispuso a partir; se acercó a Kazán, sin miedo alguno y sin llevar el palo. Lo desató del tronco y lo arrastró hacia la canoa, en cuya popa lo ató, riéndose de lo que pensaba hacer, pues en su tierra había aprendido a domar a los perros más fieros.

Empujó la embarcación al río, la popa por delante; luego llevó a Kazán a la orilla y de un empujón lo hizo entrar al agua. Lanzó la canoa hacia el centro y empezó a remar de manera que la cuerda que sujetaba al perro lo tirara del cuello. Así, a pesar de sus contusiones y heridas, Kazán se vio obligado a nadar para conservar la nariz fuera del agua. Y como los golpes de remo de Mac Trigger eran cada vez más vigorosos, la situación del pobre animal era por momentos más peligrosa y le causaba mayores torturas. A veces su cabeza peluda se sumergía por completo. Otras, Sandy esperaba a que el perro nadara al lado de la barca y entonces, con el remo, lo hundía nuevamente. Kazán se sentía cada vez más débil y cuando apenas habían recorrido un kilómetro empezó a ahogarse. Entonces Sandy lo recogió a bordo y le permitió echarse en la canoa. Kazán cayó sobre las tablas casi sin respiración.

Pese a lo brutal del método de Mac Trigger, había que reconocer que consiguió su objetivo, porque Kazán no tenía el más mínimo deseo de luchar, ni siquiera por conquistar la libertad. Sabía que aquel hombre era su amo. Lo único que ahora anhelaba era estar echado en el fondo de la canoa, fuera del alcance del garrote y alejado del agua.

Durante cinco días y cinco noches continuaron el viaje río abajo y Mac Trigger no abandonó el sistema educativo del perro, dándole tres palizas más y uno que otro chapuzón. En la mañana del sexto día llegaron a Oro Rojo, y Sandy armó su tienda junto al río. Ató a Kazán por medio de una cadena a la parte posterior de la tienda y cortó la correa que le impedía abrir la boca.

—No puedes comer con bozal —dijo a su prisionero—, y quiero que vuelvas a ser fuerte y tan fiero como el demonio. He tenido una idea, una idea excelente. Vas a ver cómo me lleno los bolsillos de oro. Ya lo hice antes y ahora lo repetiré contigo.

Y desde entonces le ofrecía dos veces al día carne cruda y el perro recobró pronto el ánimo. Se atenuó el dolor de sus patas y se curaron las heridas de su boca. Y a partir del cuarto día, cada vez que se le acercaba Sandy para darle carne, lo recibía con un gruñido de muy mal agüero, pero su amo ya no le pegaba. No le daba pescado, harina ni grasa, sólo carne cruda.

Un día Mac Trigger llegó acompañado de otro hombre y cuando el desconocido dio un paso hacia Kazán, éste saltó repentinamente sobre él. El recién llegado dio a su vez un salto para retroceder, y masculló una blasfemia.

—¡Por supuesto que servirá! —exclamó—. Pesa, sin duda alguna, de cinco a siete kilos menos que el Danés, pero como tiene buenos dientes y mucha agilidad, hará una buena demostración antes de ser vencido.

— Te apuesto el veinticinco por ciento de mi parte a que no es vencido —propuso Sandy.

—Hecho —contestó el otro—. ¿Cuándo estará dispuesto?

Sandy se quedó un instante pensativo.

—Dentro de una semana —dijo—. No alcanzará su peso hasta entonces. En siete días más, digamos. El próximo martes por la noche. ¿Te conviene, Harker?

Este asintió.

—El próximo martes por la noche —dijo—. Y apuesto la mitad de mi parte a que el Danés mata a tu perro lobo.

Sandy miró un largo rato a Kazán y contestó:

—No quiero ganarte tu apuesta. Estoy seguro de que no hay perro en esta región capaz de matar al lobo.

Capítulo XXII

EL PROFESOR MAC GILL

Oro Rojo estaba en la mejor época para una noche de diversión. Los habitantes de la ciudad habían tenido un poco de juego, algunas peleas y derroche más que suficiente de licores para originar el estado de ánimo adecuado. La entretención organizada por Sandy Mac Trigger y Jan Harker fue acogida con vibrante entusiasmo, debido en gran parte a que Kazán y el enorme Danés fueron expuestos a la admiración pública, cada uno en su jaula. Y empezó la fiebre de apuestas.

Trescientos hombres dispuestos a pagar cinco dólares por presenciar el combate examinaron a los gladiadores. Las apuestas favorecieron al perro de Harker por tres a uno. Los que apostaban por Kazán eran hombres acostumbrados a vivir en el desierto, que sabían de perros y conocían muy bien el significado de la mancha roja que los lobos tienen en sus ojos. Un viejo minero dijo en voz baja al oído de otro:

—Aposté por él porque estoy seguro de que vencerá al Danés. Ese no sabe pelear.

—Pero lo aventaja en peso, míralo —repuso el otro.

Kazán al principio gruñía enfurecido a los que se paraban delante de la jaula, pero luego dejó de hacerles caso y siguió echado, con la cabeza entre sus patas delanteras.

El combate debía efectuarse en el establecimiento de Harker, que era un salón de baile y cafetería. Habían sido retirados los bancos y mesas y en el centro se instaló una enorme jaula de tres metros y medio sobre una tarima de un metro de alto. Alrededor de ella se colocaron los asientos para los espectadores, y casi encima de la jaula se colgaron dos grandes lámparas de petróleo.

Eran las ocho de la noche cuando Harker y Mac Trigger hicieron entrar a Kazán al lugar del combate, donde ya estaba el Danés. Este parpadeaba deslumbrado por la brillante luz de las lámparas y al ver a Kazán enderezó las orejas, pero el recién llegado no mostró los dientes, y en ninguno de los perros se advirtió la menor señal de la esperada animosidad. Era la primera vez que se veían y al advertir los espectadores la actitud pacífica de los animales, hubo un murmullo de disgusto. El Danés se quedó inmóvil como una roca cuando Kazán fue obligado a entrar en la jaula destinada a la lucha. No saltó ni gruñó y miró de nuevo las ansiosas caras de los concurrentes. Por unos instantes Kazán permaneció con las patas rígidas frente a frente al Danés. Luego abandonó su rigidez y también miró con frialdad a la multitud que esperaba una lucha a muerte. Una carcajada burlona recorrió las filas de los allí reunidos y en seguida se escucharon voces irónicas y gritos insultantes para los organizadores, reclamando el dinero de la entrada. El rostro de Mac Trigger estaba rojo de rabia, y por la frente de Harker corrían gotas de sudor.

—¡Esperen! ¡Tengan paciencia, estúpidos! —gritó Harker, amenazando con su puño cerrado a la muchedumbre.

Estas palabras acallaron por un momento las protestas. Kazán se había vuelto y miraba a su rival, quien también lo miró. Kazán se adelantó un poco, preparado para el ataque. Los pelos de la espalda del Danés se erizaron y a su vez se acercó algo a Kazán, de manera que quedaron a un metro de distancia. En aquellos instantes no volaba una mosca en el salón. Sandy y Harker apenas se atrevían a respirar, mientras los dos espléndidos animales, vencedores en cien luchas y valientes hasta la temeridad, se miraban el uno al otro.

Nadie pudo ver la interrogadora mirada en sus ojos irracionales y tampoco nadie sabía que en ese emocionante momento la invisible mano del espíritu de las selvas obraba el milagro de dotar a sus mentes de comprensión. De haberse encontrado en campo abierto, o si hubieran sido rivales en tiro de trineo, no hay duda de que ya estarían trenzados en tremenda batalla; pero en el lugar en que se hallaban sintieron la llamada de la fraternidad. En el momento final, cuando sólo los separaba un paso y los hombres esperaban la terrible acometida, el magnífico Danés levantó lentamente la cabeza y por encima del lomo de Kazán miró las brillantes luces. Harker tembló y maldijo a su perro, pues su garganta quedaba expuesta al enemigo. Pero no había peligro alguno, pues entre ambos animales se había celebrado un silencioso tratado de paz. Kazán no saltó, sino que unió amistosamente su cuerpo al del Danés y, arrogantes en su desdén hacia el hombre, miraron juntos a través de los barrotes de su prisión a aquel mar de anhelantes rostros humanos.

Un rugido de cólera salió de entre la multitud. En su rabia, Harker empuñó el revólver y apuntó al Danés; pero en ese instante, dominando el tumulto, lo detuvo una voz que gritó:

—¡Alto en nombre de la ley!

Reinó el silencio y todos se volvieron hacia el que acababa de hablar. En la última fila había dos hombres, uno de los cuales, el que diera la orden, era un sargento de la Real Policía Montada. A su lado había otro hombre, delgado, con los hombros caídos y el semblante pálido. De estatura pequeña, su aspecto físico no daba a conocer los muchos años que había pasado en el límite de las regiones árticas. Habló después del sargento. Su voz era baja y tranquila.

—Doy quinientos dólares —dijo— a los dueños de estos perros, si quieren venderlos.

Todos oyeron la oferta y Harker miró a Sandy. Hablaron en voz baja.

—No pelearán —continuó el hombrecillo—. Doy a sus dueños quinientos dólares.

Harker levantó la mano.

—Dé usted seiscientos y los vendemos.

El hombrecillo vaciló, pero luego hizo una señal de asentimiento.

—Daré seiscientos dólares —dijo.

Entre la turba de espectadores surgió un coro de murmullos de descontento, y Harker se subió sobre el extremo de la tarima.

—Nada se nos puede reprochar —gritó—, pero si hay alguien lo bastante miserable para reclamar el dinero de la entrada, se le dará a la salida. Los perros nos engañaron y eso es todo.

El hombre en tanto se abría paso entre las sillas, acompañado por el sargento de la policía. Una vez que estuvo delante de la jaula, miró de cerca a Kazán y al enorme Danés.

—Me parece que seremos buenos amigos —dijo en voz tan baja que sólo pudieron oírlo los perros—. Es un precio elevado pero me resigno, pues necesito un par de amigos de cuatro patas y con la calidad que ustedes han demostrado.

Y nadie supo por qué Kazán y el Danés se acercaron al lado de la jaula en que estaba su nuevo dueño, mientras éste contaba los seiscientos dólares para Harker y Mac Trigger.

Capítulo XXIII

SOLA EN LAS TINIEBLAS

Nunca el terror y la soledad de la ceguera agobiaron tanto a Loba Gris como en los días que siguieron a la captura de Kazán. Horas después que Mac Trigger disparara contra el perro, ella se echó junto a un matorral a esperar que Kazán se reuniera con ella, como transcurriera antes en muchas ocasiones. Olfateaba el aire y gemía al no descubrir el olor de su compañero. El día y la noche eran iguales para ella, un interminable caos de obscuridad, pero se daba cuenta cuando se ponía el sol. Sentía las primeras sombras de la tarde y sabía que habían salido ya las estrellas y que el río estaba alumbrado por la luz de la luna.

Esta era una de esas noches que incitan a los lobos a vagar de un lugar a otro, y al poco rato empezó a moverse intranquila y profirió su primera llamada a Kazán. Desde el río llegó el acre olor del humo e instintivamente comprendió que era la proximidad del hombre lo que retenía a Kazán alejado de ella. Pero no se acercó, porque la ceguera le había enseñado a ser paciente. Desde la tragedia en la Roca del Sol, él nunca la había abandonado.

Así como se daba cuenta de cuándo desaparecía el sol en el horizonte, de igual manera percibía, sin verla, la aparición del día. Y hasta que sintió el calor en su espalda no venció su ansiedad a su prudencia. Lentamente se dirigió al río. Ya no sentía en el aire el olor del humo ni tampoco pudo descubrir el del hombre, y en vista de ello siguió su propio rastro hacia la barra de arena del río y, al abrigo de un matorral cercano, se detuvo y escuchó.

Después de un momento se atrevió a avanzar y se dirigió al lugar en que Kazán estuvo bebiendo cuando recibió el balazo. Descubrió entonces el lugar manchado con su sangre porque el olor se percibía aún en la arena. Encontró el árbol caído al que estuvo atado Kazán y uno de los garrotes que Sandy usara para reducirlo a la sumisión. El palo estaba cubierto de sangre y pelos y Loba Gris se impresionó de tal manera que se dejó caer sobre sus ancas y profirió un largo aullido dirigido a Kazán, que el viento se encargó de llevar a muchos kilómetros de distancia. Hasta entonces, nunca Loba Gris había aullado de esa manera. No. No era la llamada que se oye en las noches de luna, ni el grito de caza o el de la hembra que busca pareja. Ese aullido de Loba Gris llevaba consigo el lamento de la muerte. Más tarde se retiró a su refugio en el matorral.

Estaba aterrada; se había acostumbrado a la obscuridad pero nunca hasta ahora había estado sola, pues siempre sintió a su lado la vigilante presencia de Kazán. Un ratón corrió por encima de la hierba, a poca distancia de sus patas delanteras, pero al tratar de morderlo, cerró los dientes sobre una piedra. Temblaba como si tuviera intenso frío; le dio miedo la obscuridad que la incomunicaba con el mundo, y se frotó los ojos con una pata como si con ello pudiera recobrar la vista.

Por la tarde anduvo errante por la llanura, pero le pareció tan diferente de cuando iba acompañada de Kazán, que, asustada, se volvió en breve a la orilla del río y se tendió bajo el árbol en que se cobijara Kazán. Allí no sentía miedo, pues encontraba el olor de su macho. Permaneció quieta, con la cabeza apoyada en el palo manchado de sangre. La noche la encontró todavía allí. Cuando salieron la luna y las estrellas, se volvió al hueco que hiciera el cuerpo de Kazán.

Al alba se acercó al agua para beber. No podía darse cuenta que el día estaba casi tan obscuro como la noche, pero olió la presencia de la tempestad en el aire. El distante rodar de los truenos se acentuó y ella se cobijó bajo el árbol. La lluvia era un verdadero diluvio y Loba Gris estaba más atemorizada que nunca. Al terminar la tormenta buscó en vano el olor de Kazán, pero ya no pudo encontrarlo.

Hasta entonces había sentido miedo de hallarse sola, pero por la tarde tuvo hambre. Y el hambre la hizo salir de la faja de arena y la llevó a la llanura, donde decenas de veces olfateó la caza, pero se le escapaba. Y hasta un ratón que logró acorralar debajo de una raíz huyó antes que pudiera cogerlo.

Treinta y seis horas antes Kazán y ella habían dejado a tres o cuatro kilómetros de distancia, en la llanura, los restos de la última pieza que cazaran. Era un enorme conejo, y Loba Gris partió en su busca. Pero la había precedido un zorro, de modo que no quedaban más que huesos y trozos de piel esparcidos en el suelo.

Aquella noche durmió otra vez en el lugar donde Kazán se había echado, y por tres veces lo llamó sin obtener respuesta. Cayó un denso rocío que acabó de diluir el leve olor de Kazán que pudiera quedar en la tierra. Al cuarto día su hambre era tal que royó la corteza de los arbustos; pero poco después descubrió algo nuevo. Estaba bebiendo cuando su sensible nariz tocó en el borde del agua una cosa suave y que tenía ligero olor a carne. Era uno de los enormes moluscos de los ríos del norte. Lo llevó a tierra con una pata, olió la dura concha y luego la trituró con los dientes. Nunca había comido carne más gustosa que la que halló dentro, por lo que se dedicó a buscar otros moluscos. Los encontró en abundancia y comió hasta saciar su apetito.

Durante tres días más permaneció junto a la faja de arena y en la noche del tercero llegó a ella cierta llamada. Al escucharla se puso a temblar, animada por una nueva esperanza y, a la luz de la luna, comenzó a trotar nerviosa por la arena. Volvía la cabeza al norte y al sur y luego al este y al oeste, con las orejas erguidas y escuchaba con la mayor atención, como si en el tranquilo aire de la noche quisiera adivinar la procedencia exacta de esa voz maravillosa. Procedía del sudoeste. En aquella dirección, mucho más allá de los bosques del norte, estaba su guarida. Y en aquella dirección le decía su mente de animal que encontraría a Kazán. La llamada no venía del lugar en que tuvieran su última guarida, sino de mucho más allá; en su ceguera se le ofreció la visión de la Roca del Sol y de la senda que a ella conducía. Allí fue donde perdió la vista, donde acabó para ella el día y empezó la noche. Allí también nacieron sus primeros hijos.

Y, en respuesta a esa llamada, abandonó el río y el alimento y se encaminó hacia los lugares donde imperaba el hambre, sin temer ya a la muerte ni al vacío mundo que no veía. Porque ante ella, a trescientos kilómetros de distancia, estaban la Roca del Sol y Kazán.

Capítulo XXIV

EL FIN DE SANDY MAC TRIGGER

A noventa kilómetros al norte, Kazán estaba echado, atado a una fina cadena de acero, y observaba cómo el menudo profesor Mac Gill mezclaba en un cubo grasa y salvado. El Danés se relamía con ansias ante los preparativos de su amo.

El pequeño profesor había pasado su vida entre perros, los quería y los entendía muy bien. Había escrito gran número de artículos en revistas acerca de la inteligencia canina, que llamaron mucho la atención entre los naturalistas. Precisamente porque los quería compró a Kazán y al Danés. La negativa de los dos hermosos animales a matarse para diversión de trescientos hombres, le causó enorme satisfacción. Pensaba escribir un artículo acerca del increíble incidente.

Sandy le había contado la historia de la captura de Kazán y le habló de la hembra de éste. Cada día Kazán le causaba mayor extrañeza. Ni una sola vez expresó el perro deseos de hacerse amigo del profesor, pero no le gruñía cuando se le acercaba. En cambio a Mac Trigger, que visitaba a Mac Gill con frecuencia, le mostraba los colmillos y saltaba con clarísimas intenciones. Kazán, en lo más profundo de su corazón, sentía que el profesor era diferente de los demás hombres; no quería hacerle daño y lo toleraba, pero no llegó a tenerle el menor afecto, como le sucedió al Danés. Esto extrañaba al profesor, pues nunca había conocido perro que no acabara por quererlo.

Ese día Mac Gill puso la comida delante de Kazán y la sonrisa de su rostro desapareció para dar lugar a una expresión de perplejidad. Los labios del perro estaban recogidos y de su garganta brotaba un fiero gruñido. Se volvió instintivamente el profesor y vio que Mac Trigger se había acercado sin hacer ruido, y que su brutal rostro se contraía en una sonrisa al mirar a Kazán.

—Es una locura tratar de domar a esa mala bestia —dijo Sandy. Luego con interés que no pudo disimular, preguntó—: ¿Cuándo emprende el viaje?

—Con las primeras escarchas —contestó Mac Gill—. Ya no tardarán en presentarse. He de ir a reunirme con el sargento y sus hombres a Fond du Lac a principios de octubre.

—¿Y va usted a ir solo a Fond du Lac? —preguntó Sandy—. ¿Por qué no lleva a un hombre que lo acompañe?

El profesor se echó a reír.

—¿Para qué? —dijo—. He recorrido más de una decena de veces la región. Además me gusta estar solo.

—¿Se lleva a los perros?

—Sí.

Mac Trigger encendió la pipa y siguió hablando como quien lo hace nada más que por curiosidad.

—Seguramente le costarán un dineral esos viajes, ¿no es cierto?

—El último que hice, unos siete mil dólares. Este costará cinco mil.

—¡Caramba! ¿Y anda con tanto dinero? ¿No tiene miedo? Puede ocurrirle algo y...

El profesor en ese momento se había vuelto y la expresión de su rostro cambió por completo; se endureció su mirada y una curiosa sonrisa, que no vio Sandy, afloró a sus labios. Luego se volvió riendo.

—Tengo el sueño muy liviano —dijo—. Unos pasos, por leves que sean, me despiertan. Hasta la respiración de un hombre me haría abrir los ojos cuando me propongo estar alerta. Y además, mire —Sacó de su bolsillo una magnífica pistola automática—. Sé usar esto.

Disparó cinco veces a un blanco y Sandy vio, mudo de asombro, que quedó un solo agujero.

Cuando se marchó Mac Trigger, el profesor se volvió hacia Kazán.

—Me parece que tú lo calaste —dijo—. Ahora ya no te censuro por querer saltarle al cuello.

Entró en la cabaña y Kazán se quedó inmóvil, con los ojos muy abiertos. Llegó la obscuridad y el perro sintió un violento deseo de recobrar la libertad. Noche tras noche observaba la luna y las estrellas y escuchaba, tratando de percibir la llamada de Loba Gris, mientras el Danés dormía profundamente. Aquella noche el viento fresco que soplaba enardecía su sangre. Necesitaba recobrar su libertad y correr hasta caer exhausto, con Loba Gris a su lado. Sabía que ella estaba lejos y que lo esperaba. Tiró de su cadena y gimió. De pronto, a mucha distancia oyó un grito que le pareció ser de la loba, y su respuesta despertó al profesor.

Días más tarde, hizo entrar al Danés y a Kazán en una canoa. Mac Trigger los vio marchar y Kazán se mantuvo atento por si se presentaba la ocasión de saltar sobre él. Pero Sandy permaneció a prudente distancia y Mac Gill, que observaba al hombre y al perro, tuvo la idea que le hizo latir aprisa el corazón, aunque lo disimuló con una sonrisa.

—Ya empezaba a temer que no podría dormir mucho en este viaje, amigo —le dijo al perro mientras acariciaba su cabeza—, pero me parece que gracias a ti voy a poder echar un sueño de vez en cuando.

Durante tres días navegaron sin el menor tropiezo a lo largo de la orilla del lago Atabaska. En la cuarta noche, Mac Gill armó su tienda en un bosquecillo de pinos a un centenar de metros del agua. Observó con la mayor atención la conducta de Kazán, que sentía un olor procedente del oeste que lo intranquilizaba mucho. El profesor estuvo mirando con sus anteojos de larga vista y al oscurecer regresó a la tienda. Kazán seguía inquieto y de cara al oeste, en tanto el Danés miraba hacia el este. No le cupo duda alguna de que había algo en el oeste. Y al pensar en lo que podría ser, un ligero estremecimiento recorrió su cuerpo.

Encendió una pequeña hoguera detrás de una roca y preparó la cena. Se dirigió a la tienda, para regresar luego llevando una manta debajo del brazo. Al pasar junto a Kazán, murmuró:

—Me parece que no vamos a descansar mucho esta noche, Kazán. No me gusta lo que olfateas hacia el oeste.

Se instaló a treinta pasos de la tienda, junto a un matorral y, envuelto en la manta, se echó a dormir.

La noche era tranquila, estrellada, y horas después Kazán se adormiló; pero muy pronto lo despertó el crujido de una rama. El Danés siguió durmiendo, pero Kazán se paró de inmediato y permaneció quieto; el olor que percibiera durante el día era entonces muy fuerte a su alrededor. Lentamente, tras los árboles que cobijaban la tienda, apareció una figura que no era la del profesor. Se acercó con cautela y la luz de las estrellas iluminó el rostro criminal de Sandy Mac Trigger. No llevaba látigo ni garrote, sino algo de acero que brillaba cuando se detuvo a la entrada de la tienda.

Kazán olvidó la cadena que lo retenía al ver al enemigo que tanto odiaba frente a él. Dio un salto con tal fuerza que la cadena no lo retuvo, aunque castigó duramente su cuello. El collar que llevaba desde la remota época de su esclavitud en el tiro del trineo se rompió. Sandy se volvió, pero los dientes de Kazán se clavaron en su brazo. Con un grito de asombro y de dolor, el hombre cayó.

En la caída, Kazán perdió la presa, y se levantó dispuesto para una nueva acometida; pero de súbito cambió de idea. Observó que estaba libre. Ya no sentía el collar, y el bosque, las estrellas y el viento lo rodeaban. A su lado estaban los hombres, pero allá lejos lo esperaba Loba Gris. Escuchó el seco ruido de la pistola automática y el terrible y desesperado grito de Mac Trigger. Agachó las orejas y como una sombra se deslizó hacia las tinieblas y hacia una gloriosa libertad.

Capítulo XXV

EL MUNDO VACÍO

Kazán continuaba infatigable su marcha. Salió a la llanura y la tranquilidad de la noche; la clara bóveda del cielo y el aire puro y fresco le devolvieron su ánimo.

En alguna parte, hacia el sur o hacia el oeste, estaba Loba Gris. Por primera vez en varias semanas lanzó un aullido vibrante. Sabía que nadie le contestaría y galopó como un perro tras el rastro de su amo. Como si siguiera una ruta perfectamente trazada, recorrió los sesenta kilómetros de llano, pantanos, rocas y bosques que había desde el campamento de Mac Gill hasta el río. No volvió a aullar esa noche; sus razonamientos se basaban en la costumbre y, como Loba Gris lo había esperado muchas veces, se dijo que sin duda estaría aún aguardándolo en la faja de arena del riachuelo.

Al amanecer llegó al río y halló el lugar en que él y la loba habían bebido. Confiado, miró a su alrededor en busca de su compañera, gimiendo y moviendo la cola. Al no verla, buscó su rastro a lo largo del río y en la llanura, pero las lluvias habían borrado no sólo el olor sino tam-

bién las huellas. Fue incluso al lugar donde mataron el
conejo.

Y tal como obrara en Loba Gris, el espíritu de la
selva inspiró a Kazán. Con la aparición del sol se dirigió
hacia el sudeste. Su mundo estaba señalado por los sitios
en que había cazado, y en el mundo que conocía estaba
Loba Gris. Ella tenía que estar en algún lugar entre el río
y el terreno pantanoso de donde los expulsaran los castores. Y continuó el camino incansable. Se detenía en la
noche por la fatiga y el hambre. A la cuarta noche llegó al
pequeño valle entre las dos colinas y fue hacia la guarida
del terreno pantanoso. Diente Roto había realizado una
transformación increíble en el lugar de su vivienda. Kazán, con los pies doloridos, dio vueltas en torno al pantano. Loba Gris no estaba allí.

Había desaparecido de su mundo y de su vida, y él
se sentía tan solo y tan triste, que hasta el mismo bosque
le parecía extraño. Una vez más el perro dominaba al
lobo. Sin Loba Gris ese mundo era tan grande, ajeno y
vacío, que le daba miedo.

Al obscurecer llegó a un montón de conchas rotas;
allí había estado ella por última vez antes de continuar su
viaje al sur, pero el rastro que dejara era muy débil para
guiar a Kazán. Aquella noche durmió bajo un tronco
caído; gimió tristemente antes de dormirse. Y día tras día
y noche tras noche, Kazán fue un tímido animal que
recorría las cercanías del pantano llorando por el único
ser que lo sacó a la luz, que llenó el mundo para él.

Capítulo XXVI

LA LLAMADA DE LA ROCA DEL SOL

En la dorada belleza del sol de otoño, llegaron al lugar dominado por la Roca del Sol un hombre, una mujer y una niña.

La civilización había hecho con Juana lo mismo que hacía con otras flores silvestres trasplantadas desde la vida en plena naturaleza. Sus mejillas estaban pálidas y sus ojos azules habían perdido el brillo. Pero cuando se acercaban al maravilloso valle en que vivieran antes de ser atraídos por la ciudad distante, la sangre volvió a colorear su semblante y en su mirada renacía la alegría.

—Veo que eres feliz de nuevo, Juana —dijo el hombre.

—Sí, soy feliz —murmuró ella, pero su voz tembló al señalar una faja de arena que se internaba en el río—. ¿Te acuerdas que hace ya muchos años Kazán se separó de nosotros en este mismo lugar? Ella estaba en la orilla, y lo llamaba. ¡Quién sabe dónde estarán ahora!

La cabaña estaba tal cual la habían dejado. Únicamente la hiedra roja había crecido junto con algunos arbustos que casi cubrían los muros.

Se reinició la vida habitual de la familia.

Una noche, Juana, con ojos brillantes y voz emocionada, dijo:

—¿Oyes? ¿Oyes la llamada? No era Kazán, porque habría reconocido su voz. Pero me parece que es la misma llamada de ella el día que nos marchamos.

—También yo la he oído.

—¿Me prometes que nunca más pondrás trampas ni cazarás lobos? Podrías matarlos.

—Te lo prometo, querida.

De pronto llegó la llamada con más fuerza.

—¡Escucha! —exclamó Juana—. Es el grito de ella y viene de la Roca del Sol.

Sin poder contenerse, salió al exterior. Oyó entonces a gran distancia un aullido de respuesta, aullido que parecía formar parte del gemido del viento y que estremeció a Juana hasta hacerla estallar en sollozos.

Echó a correr por la llanura y luego se detuvo, iluminada por la luna de otoño. Transcurrieron algunos minutos antes de que la llamada se repitiera; pero entonces resonó tan próxima, que Juana gritó con todas sus fuerzas:

—¡Kazán! ¡Kazán! ¡Kazán!

En lo alto de la Roca del Sol, Loba Gris, enflaquecida por el hambre, oyó el grito de la mujer y el aullido que estaba a punto de surgir de su garganta se transformó en gemido. Hacia el norte se vio pasar veloz una sombra que al fin se detuvo, y por un momento permaneció inmóvil. Era Kazán. Un extraño fuego recorrió su cuerpo y todas las fibras de su inteligencia animal vibraron, dándole a entender que estaba por fin en su tierra.

Allí era donde, hacía muchísimo tiempo, había vivido, amado y combatido. A través de la llanura oyó la voz de Juana, y sueños que se habían borrado de su memoria revivieron reales y vivos.

Juana estaba emocionada y muy pálida. De pronto apareció Kazán, arrastrándose sobre su vientre, jadeante y gimiendo de alegría al ver a la joven. Esta se acercó a él con los brazos abiertos y pronunció su nombre entre sollozos. Mientras, el hombre contemplaba la escena desde alguna distancia, asombrado. Ya no temía al perro lobo. Volvió la mirada hacia la Roca del Sol y murmuró con la voz temblorosa por la emoción:

—¡Dios mío!

Y como respuesta a su pensamiento, a través de la llanura llegó el aullido con que Loba Gris expresaba su soledad y su tristeza. Como azotado por un látigo, Kazán se levantó, se olvidó de Juana, de su voz y del hombre, y huyó. Momentos después se había perdido de vista.

Juana se abrazó a su esposo.

—¿Lo crees ahora? ¿Crees ahora en el Dios de mi mundo, en el Dios con quien he vivido, que da alma a los animales, y que nos ha traído otra vez a nuestra casa?

Él la estrechó entre sus brazos con ternura.

—Creo, Juana querida —susurró.

—¿Y comprendes ya lo que significa el mandamiento «No matarás»?

—Sí, lo comprendo.

—Ahora estamos juntos, Kazán y ella, tú, yo y la niña.

Por espacio de algunas horas estuvieron sentados ante la puerta de la cabaña. Pero ya no volvieron a oír el solitario llamado procedente de la Roca del Sol.

—Mañana nos hará otra visita —dijo el hombre.

Y entraron en la cabaña.

Aquella noche, uno junto al otro, Kazán y Loba Gris cazaron en la llanura iluminada por la luna.

NOTA SOBRE EL AUTOR

El escritor norteamericano James Oliver Curwood nació en 1878, en Owosso, Michigan, y vivió desde muy pequeño a orillas del Erie, uno de los grandes lagos de Estados Unidos y Canadá. Su padre fue muy amigo del Capitán Marryat, escritor que desde pequeño había tenido una vida aventurera: varias veces se había escapado de su casa para ingresar a la marina, hasta que al fin su padre debió permitírselo. Marryat escribió diversos libros, entre ellos muchos dedicados a los niños. Probablemente el relato de sus aventuras tuvo gran influencia en James Oliver, quien a los ocho años comenzó a escribir sus primeras historias.

Entre 1898 y 1900, Curwood estudió en la Universidad de Michigan y se dedicó al periodismo. Fue editor en *News Tribune* en Detroit, recorrió Norteamérica y viajó por Europa, hasta que volvió a instalarse en su pueblo natal Owosso, para consagrarse por completo a la literatura.

Escribió diversas obras dirigidas a niños y jóvenes en las que describe la naturaleza americana, la región de los grandes lagos, la vida de los animales y la dura existencia de los hombres del norte.

Entre sus libros, que han sido traducidos a todos los idiomas, podemos destacar, además de *Kazán, perro lobo,* los siguientes:

Nómades del norte, Donde el río nace, El valle de los hombres silenciosos, El bosque en llamas. Centella, Los buscadores de oro, Los cazadores de lobos, Corazones bravíos, El lazo de oro, Fuerza de la ley, y muchos más.

CONVERSEMOS SOBRE KAZÁN, PERRO LOBO

I. EJERCITA TU BUENA MEMORIA CONTESTANDO ESTAS PREGUNTAS:

1. ¿Cómo se sabe el nombre de Kazán?
2. ¿Por que Kazán huye siempre de los hombres?
3. ¿Qué hace Kazán para que los lobos no lo ataquen?
4. ¿Cuándo conoce Kazán a Loba Gris?
5. ¿Lucha alguna vez Kazán contra los lobos, sus hermanos?
6. ¿Dónde nacen los primeros hijos de Loba Gris? ¿Y Bari?
7. ¿Cuál es el peor enemigo de Loba Gris y de Kazán?
8. ¿Qué cambio se opera en Loba Gris a raíz de su ceguera?
9. ¿Qué comen Kazán y Loba Gris cuando empieza el frío? ¿Cuál de los dos tiene mayor resistencia ante el hambre?
10. ¿Dónde se encuentran Kazán y Loba Gris con la Muerte Roja? ¿Qué es la Muerte Roja?
11. ¿Por qué Pablo Weyman no mata animales salvajes?
12. ¿Por qué el caso de las huellas de los dos lobos inseparables le interesa tanto a Pablo Weyman?
13. ¿Por qué siempre Kazán busca la cabaña?
14. ¿Qué le sucede a Kazán en el carnaval de la selva?
15. ¿Qué ruido especial hace la aurora boreal? Investiga acerca de este fenómeno.

16. ¿Quién pensó Kazán que era la mujer del trineo? ¿Quiénes tratan bien a Kazán? ¿Quién fue la primera persona que lo trató con cariño?
17. ¿Cuándo y cómo es herido a bala Kazán?
18. ¿Por qué Kazán ataca a Diente Roto?
19. ¿Por qué Kazán y el Danés no luchan dentro de la jaula? ¿Qué esperaban ver los espectadores? ¿Quién salva a Kazán y al Danés? ¿Qué hace Kazán cuando abandona a Mac Gill?
20. ¿Qué le pasa a Loba Gris después de la captura de Kazán?
21. ¿Cómo se siente Kazán al no encontrar a Loba Gris en su búsqueda?
22. ¿A quién encuentra Kazán al regresar a la Roca del Sol?

II. VERDADERO O FALSO

Señala si estas afirmaciones son verdaderas o falsas, escribiendo V o F frente a cada una.

1. _____ El puerco espín es un animal belicoso que ataca a quien pase a su lado.
2. _____ Los oseznos nacen durante el sueño invernal de la osa.
3. _____ Los castores se alimentan de moluscos.
4. _____ Diente Roto es un fiero luchador y hiere gravemente a Kazán.
5. _____ Por su parte Kazán mata a siete castores.
6. _____ El profesor Mac Gill duerme fuera de su tienda.
7. _____ Loba Gris es incapaz de atrapar un ratón.
8. _____ Kazán y Loba Gris cazan habitualmente de día.
9. _____ Kazán siente gran cariño por el profesor Mac Gill.

10. _____   Weyman compra la libertad de Loba Gris.

11. _____   Loba Gris soporta menos el hambre que Kazán,

12. _____   El zorro se da un banquete con el búho que caza.

13. _____   Kazán tiene en los ojos la mancha roja de los lobos.

14. _____   Kazán se convierte en jefe de los lobos y de los perros.

15. _____   Kazán le tiene más miedo al puerco espín que al lince.

16. _____   A Kazán le agrada la hija de Juana.

17. _____   Loba Gris se acerca siempre a la cabaña.

III. AUMENTA TU VOCABULARIO

1. De los primeros párrafos del capítulo XII hemos seleccionado algunas palabras. Juega con tus compañeros al diccionario; esto es, que cada uno diga o anote una definición de la palabra. Luego se comprueba en el diccionario y se ponen notas de acuerdo con diversas categorías.

Por ejemplo: la mejor aproximación a la definición correcta, la respuesta más original, la más divertida o el disparate mayor.

creciente	ayuno	devastada
resoplar	contraían	llanura
partículas	guarida	colina
rastro	ansioso	cuajado
demacrado	peculiar	alerta
alce	husmeó	prominencia
jauría	manada	cachorro

2. Une cada una de estas palabras con el antónimo que le corresponde.

1. silencioso	a) acometer
2. refugio	b) blando
3. retroceder	c) miedo
4. salvaje	d) vigoroso
5. valor	e) torpeza
6. brillante	f) apagado
7. espesura	g) saciado
8. rígido	h) desamparo
9. estremecer	i) sosegar
10. agilidad	j) estridente
11. débil	k) claro
12. hambriento	l) civilizado

IV. EXPRESIÓN PERSONAL

Describe con tus propias palabras los caracteres de Kazán y de Loba Gris.

V. INVESTIGACIÓN

Investiga acerca de los hábitos de los animales que aparecen en la obra, especialmente sobre los castores y sus habilidades.

RESPUESTAS

II.

1. = F	4. = F	7. = V	10. = V	13. = V	16. = V
2. = V	5. = V	8. = F	11. = F	14. = V	17. = F
3. = F	6. = V	9. = F	12. = F	15. = V	

III. 2

1. = j	4. = l	7. = k	10. = e
2. = h	5. = c	8. = b	11. = d
3. = a	6. = f	9. = i	12. = g

ÍNDICE